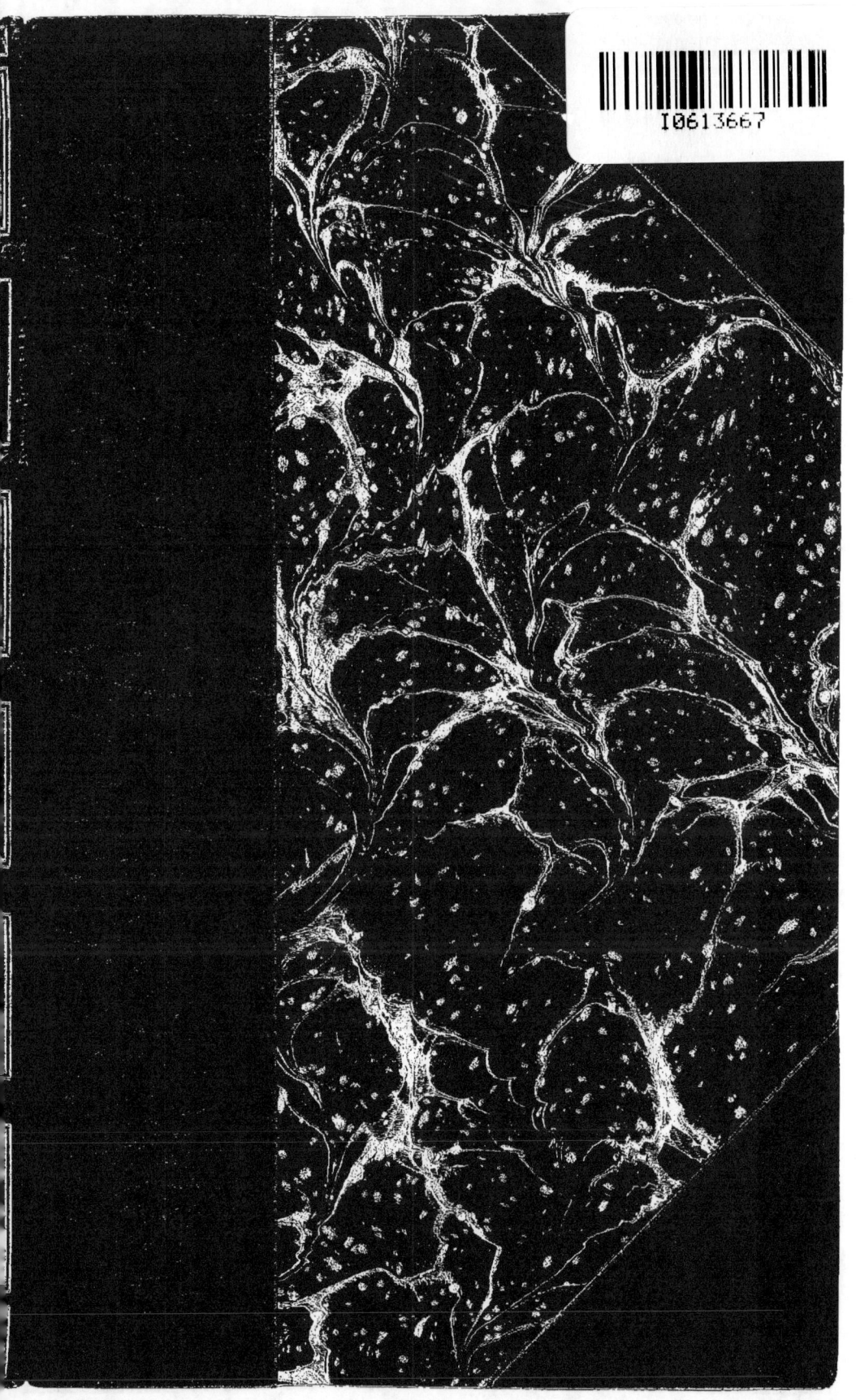

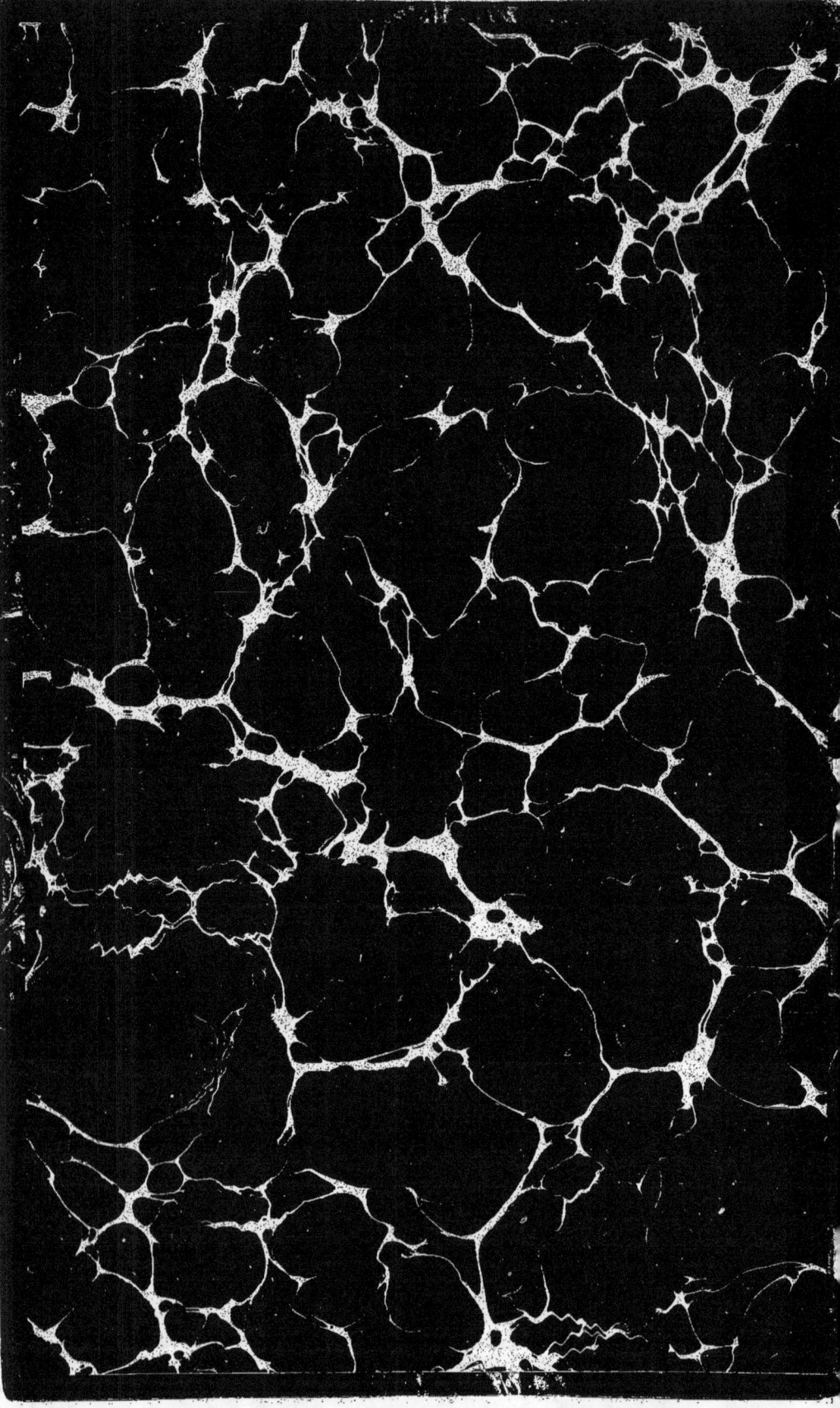

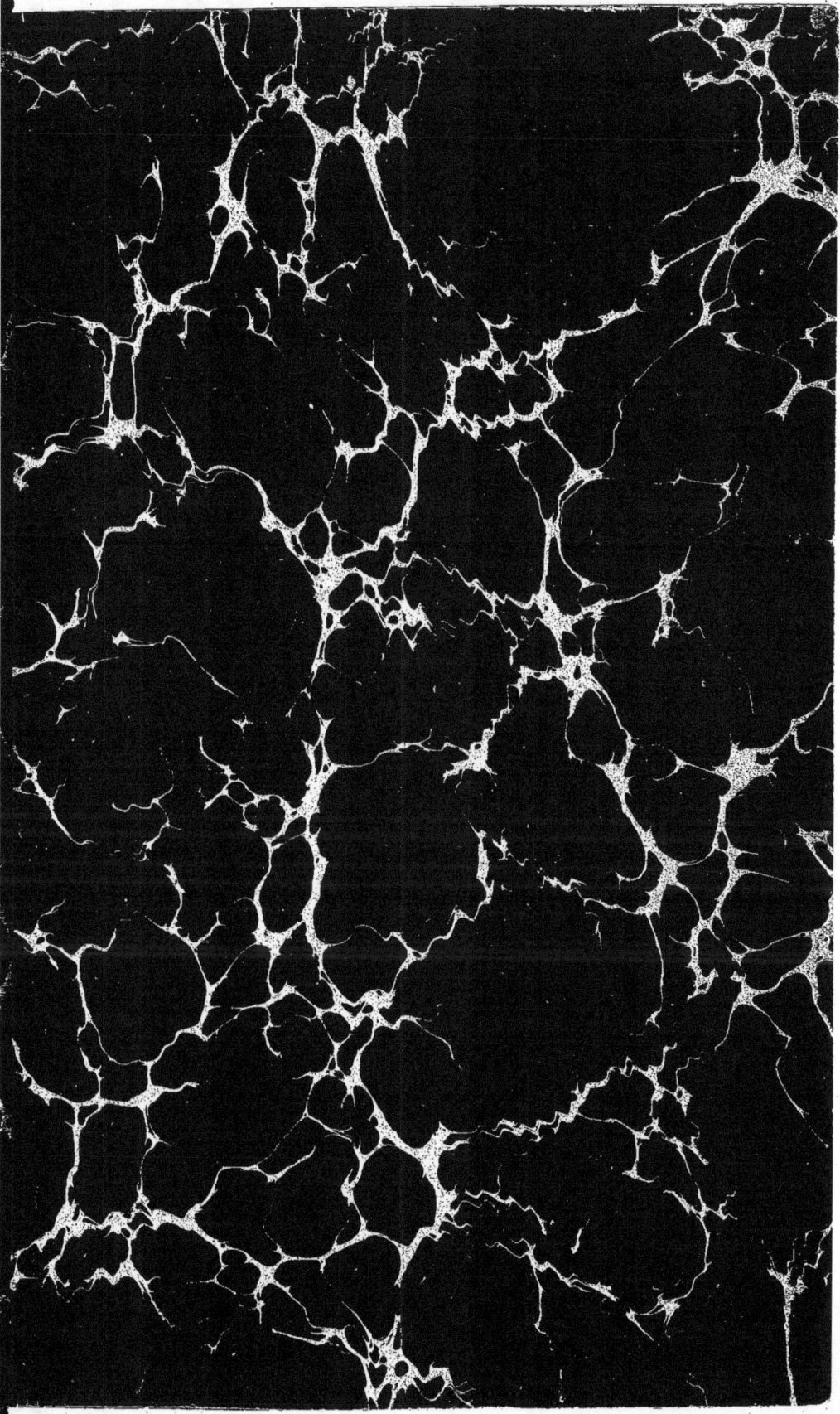

1020

GUSTAVE FLAUBERT

MÉMOIRES

D'UN

FOU

ROMAN

PARIS

H. FLOURY

1, Boulevard des Capucines, 1

1901

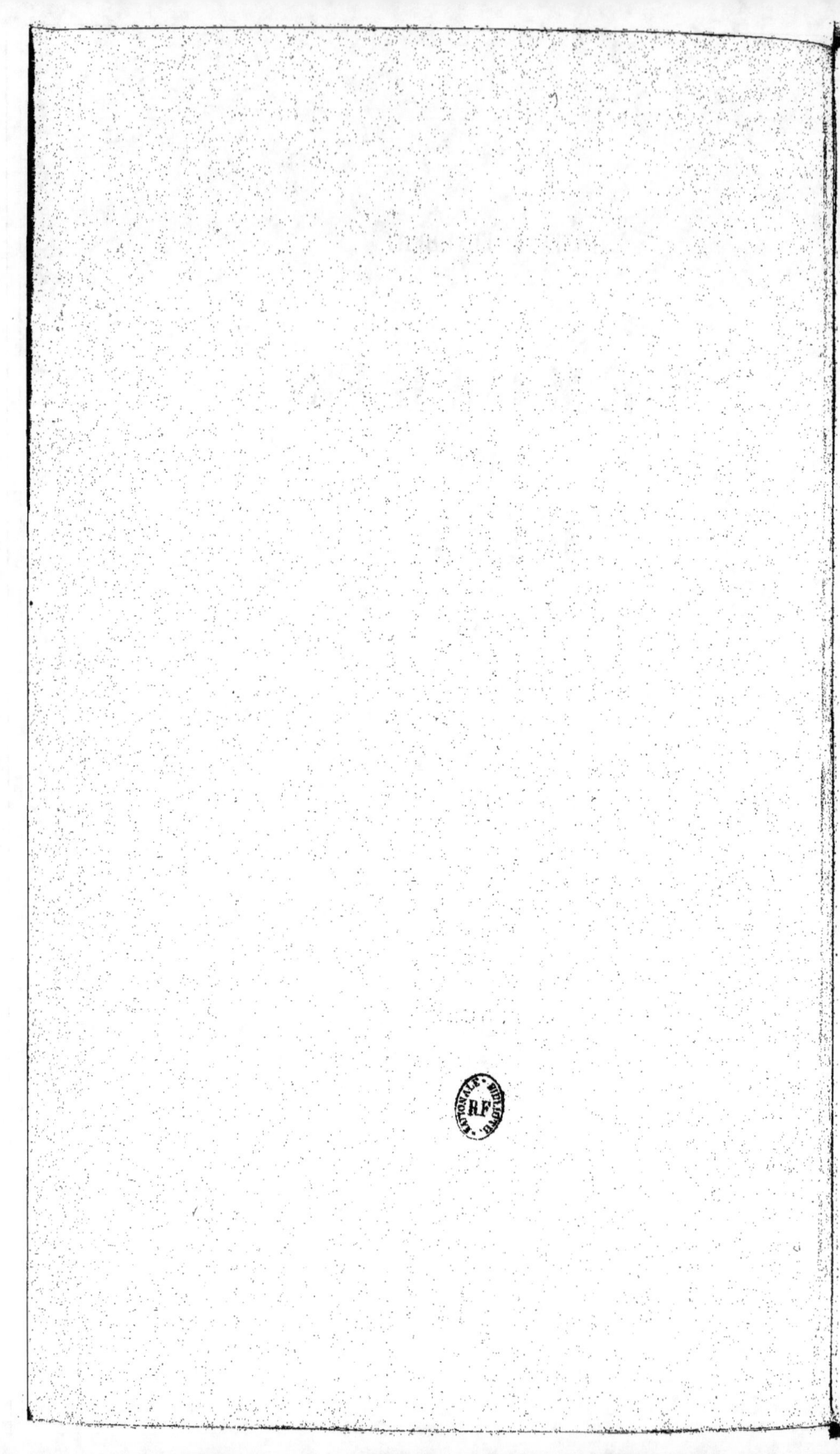

MÉMOIRES D'UN FOU

JUSTIFICATION

DU

TIRAGE

à cent exemplaires

soit

Cinquante mis dans le commerce,
cinquante non mis dans le commerce.

——

CETTE ÉDITION NE SERA
JAMAIS RÉIMPRIMÉE

——

EXEMPLAIRE

N° XLVI

SUR PAPIER WHATMAN.

GUSTAVE FLAUBERT

MÉMOIRES

D'UN

FOU

ROMAN

PARIS

H. FLOURY

1, Boulevard des Capucines, 1

1901

Ceci n'est pas une préface, mais une simple note liminaire.

Les *Mémoires d'un Fou* que nous éditons paraissent pour la première fois. Ce titre est le titre même donné par Gustave Flaubert à ce petit roman, œuvre de prime jeunesse. Son auteur, à peine dans ses vingt ans, en fit hommage à son fidèle ami et conseiller, Alfred Le Poittevin, mort prématurément.

Le manuscrit des *Mémoires d'un Fou* n'était sans doute pas destiné à l'impression, car Flaubert n'a jamais voulu publier que des œuvres absolument parfaites; ce qui explique pourquoi son premier livre, *Madame Bovary*, parut seulement en 1857, *Salammbô*, le second, six ans après et ainsi des autres, fort espacés.

Mais il eût été regrettable que cet essai du début, si imparfait qu'on le juge, ne fut pas livré à la curiosité des dilettantes, plus raffinés, qu'avait déjà mis en goût la publication de la *Correspondance* comprenant également des lettres relatives aux jeunes années de Flaubert. Il éclaire et complète cette période de sa vie. On sent fort bien que les *Mémoires d'un Fou* ne sont qu'une autobiographie mal déguisée. Du reste, son principal personnage ou protagoniste féminin, l'héroïne de Trouville, se retrouvera au cours des lettres ultérieures, Flaubert étant resté en correspondance avec elle jusque dans ses dernières années.

Grâce à ces pages, on pénètre les sentiments intimes de l'auteur, on le voit dès ce moment hanté, assailli par ces idées sombres, dédaigneuses et fières qui teinteront toute son existence d'un pessimisme particulier, que domine la haine du banal — et du « bourgeois ».

Qu'on veuille bien se rappeler l'époque où furent composés les *Mémoires d'un Fou*, vers 1840, et le genre de littérature qui régnait alors ! Le Romantisme triomphant battait son plein et, malgré certains esprits qui s'appliquaient à réagir contre les tendances, *la Chûte d'un Ange* et *les Recueillements poétiques* avaient victorieusement paru en 1838 et *les Rayons et les Ombres* en 1840.

Si l'œuvre inédite, que nous révélons au public lettré, n'ajoute rien à la gloire de Flaubert, elle ne lui enlève rien non plus. Elle permettra, toutefois, il nous semble, de mieux apprécier à quel labeur aride, obstiné, consciencieux, Flaubert dût de pouvoir, à la suite de cet essai de jeunesse, se révéler le maître que l'on sait par la publication, dix-sept années plus tard, du pur et sobre chef-d'œuvre qu'est *Madame Bovary*.

N'aurions-nous fait qu'éveiller ces idées de rapprochement, ce serait suffisant peut-être pour justifier notre publication.

P. D.

Pourquoi écrire ces pages. — pour... à quoi
tout cela bon à rien. = qu'en sçait-je moi-même
cela est allez sort à mon gré D'aller
demander aux hommes le motif de leur
actions et de leurs ... = Sçavez-vous
... ... pourquoi vous laissez ouvert
les misérables feuilles que la main
D'un fou va tracer.

un fou. cela fait horreur qu'êtes-vous
voir lecteur Dans quel catégorie te ranges
-tu Dans celle des sots ou des ...
faux semblant te donnait à choisir
ta vérité ...   préfererait encore
Ou encore une fois à quoi est-il
bon je le demande en vérité une

A TOI, MON CHER ALFRED LE POITTEVIN,
CES PAGES SONT DÉDIÉES ET DONNÉES.

Elles renferment une âme toute entière. — Est-ce la mienne ? Est-ce celle d'un autre ? J'avais d'abord voulu faire un roman intime où le scepticisme serait poussé jusqu'aux dernières bornes du désespoir, mais, peu à peu, en écrivant, l'impression personnelle perça à travers la fable, l'âme remua la plume et l'écrasa.

J'aime donc mieux laisser cela dans le mystère des conjectures. Pour toi, tu n'en feras pas.

Seulement, tu croiras peut-être en bien des endroits que l'expression est forcée et le tableau assombri à plaisir. Rappelle-toi que c'est un fou qui a écrit ces pages, et, si le mot paraît souvent surpasser le sentiment qu'il exprime, c'est que, ailleurs, il a fléchi sous le poids du cœur.

Adieu, pense à moi et pour moi.

Mémoires d'un fou

I

Pourquoi écrire ces pages ? — A
quoi sont-elles bonnes ? — Qu'en saisje moi-même ? Cela est assez sot, à
mon gré, d'aller demander aux hommes le motif de leurs actions et de
leurs écrits. — Savez-vous vous-même
pourquoi vous avez ouvert les misérables feuilles que la main d'un fou
va tracer ?

Un fou ! cela fait horreur. Qu'êtes-
vous, vous, lecteur ? Dans quelle catégorie te ranges-tu ? dans celle des sots
ou celle des fous ? — Si l'on te donnait à choisir, ta vanité préférerait
encore la dernière condition. Oui, encore une fois, à quoi est-il bon, je le
demande en vérité, un livre qui n'est
ni instructif, ni amusant, ni chimi-
que, ni philosophique, ni agricultu-
ral, ni élégiaque, un livre qui ne
donne aucune recette ni pour les mou-
tons, ni pour les puces, qui ne parle
ni des chemins de fer, ni de la Bourse,
ni des replis intimes du cœur humain, ni des habits moyen âge, ni de
Dieu, ni du diable, mais qui parle
d'un fou, c'est-à-dire le monde, ce
grand idiot qui tourne depuis tant de
siècles dans l'espace sans faire un pas,
et qui hurle, et qui bave, et qui se dé-
chire lui-même ?

Je ne sais pas plus que vous ce que
vous allez lire — car ce n'est point

un roman ni un drame avec un plan
fixe, ou une seule idée préméditée,
avec des jalons pour faire serpenter
la pensée dans des allées tirées au cor-
deau.

Seulement, je vais mettre sur ce
papier tout ce qui me viendra à la
tête, mes idées avec mes souvenirs,
mes impressions, mes rêves, mes ca-
prices, tout ce qui passe dans la pensée et dans l'âme, — du rire et des
pleurs, du blanc et du noir, des sanglots partis d'abord du cœur et étalés
comme de la pâte dans des périodes
sonores, — et des larmes délayées
dans des métaphores romantiques. Il
me pèse cependant à penser que je
vais écraser le bec à un paquet de plu-
mes, que je vais user une bouteille
d'encre, que je vais ennuyer le lecteur et m'ennuyer moi-même ; j'ai
tellement pris l'habitude du rire et
du scepticisme qu'on y trouvera, depuis le commencement jusqu'à la fin,

une plaisanterie perpétuelle, et les gens qui aiment à rire pourront à la fin rire de l'auteur et d'eux-mêmes.

On y verra comment il faut croire au plan de l'univers, aux devoirs moraux de l'homme, à la vertu et à la philanthropie, mot que j'ai envie de faire inscrire sur mes bottes, quand j'en aurai, afin que tout le monde le lise et l'apprenne par cœur, même les vues les plus basses, les corps les plus petits, les plus rampants, les plus près du ruisseau.

On aurait tort de voir dans ceci autre chose que les récréations d'un pauvre fou. Un fou !

Et vous, lecteur, vous venez peut-être de vous marier ou de payer vos dettes ?

II

Je vais donc écrire l'histoire de ma
vie. — Quelle vie ! Mais ai-je vécu ?
Je suis jeune, j'ai le visage sans ride
et le cœur sans passion.— Oh ! comme
elle fut calme, comme elle paraît
douce et heureuse, tranquille et pure.
Oh ! oui, paisible et silencieuse comme
un tombeau dont l'âme serait le cadavre.

A peine ai-je vécu : je n'ai point connu le monde, — c'est-à-dire je n'ai point de maîtresses, de flatteurs, de domestiques, d'équipages, — je ne suis pas entré (comme on dit) dans la société, car elle m'a paru toujours fausse et sonore, et couverte de clinquant, ennuyeuse et guindée.

Or, ma vie, ce ne sont pas des faits ; ma vie, c'est ma pensée.

Quelle est donc cette pensée qui m'amène maintenant, à l'âge où tout le monde sourit, se trouve heureux, où l'on se marie, où l'on aime ; à l'âge où tant d'autres s'enivrent de toutes les amours et de toutes les gloires, alors que tant de lumières brillent et que les verres sont remplis au festin, à me trouver seul et nu, froid à toute inspiration, à toute poésie, me sentant mourir et riant cruellement de ma lente agonie, comme cet épicurien qui se fit ouvrir les veines, se baigna dans un bain parfumé et mourut en riant comme un homme qui sort ivre d'une orgie qui l'a fatigué?

O comme elle fut longue cette pensée ; comme une hydre, elle me dévora sous toutes ses faces. Pensée de deuil et d'amertume, pensée de bouffon qui pleure, pensée de philosophe qui médite...

Oh ! oui, combien d'heures se sont écoulées dans ma vie, longues et monotones, à penser, à douter! Combien de journées d'hiver, la tête baissée devant mes tisons blanchis aux pâles reflets du soleil couchant ; combien de soirées d'été, par les champs, au crépuscule, à regarder les nuages s'enfuir et se déployer, les blés se plier sous la brise, entendre les bois frémir et écouter la nature qui soupire dans les nuits !

O comme mon enfance fut rêveuse ! Comme j'étais un pauvre fou sans idées fixes, sans opinions positives !

Je regardais l'eau couler entre les massifs d'arbres qui penchent leur chevelure de feuille et laissent tomber des fleurs ; je contemplais de dedans mon berceau la lune sur son fond d'azur qui éclairait ma chambre et dessinait des formes étranges sur les murailles ; j'avais des extases devant un beau soleil ou une matinée de printemps avec son brouillard blanc, ses arbres fleuris, ses marguerites en fleurs.

J'aimais aussi, et c'est un de mes plus tendres et délicieux souvenirs, à regarder la mer, les vagues mousser l'une sur l'autre, la lame se briser en écume, s'étendre sur la plage et crier en se retirant sur les cailloux et les coquilles.

Je courais sur les rochers, je prenais le sable de l'Océan que je laissais s'écouler au vent entre mes doigts, je mouillais des varechs, et j'aspirais à pleine poitrine cet air salé et frais

de l'Océan qui vous pénètre l'âme de
tant d'énergie, de poétiques et larges
pensées ; je regardais l'immensité,
l'espace, l'infini, et mon âme s'abîmait devant cet horizon sans bornes.

Oh ! mais ce n'est pas là qu'est l'horizon sans bornes, le gouffre immense. Oh ! non, un plus large et
plus profond abîme s'ouvrit devant
moi. Ce gouffre-là n'a point de tempête: s'il y avait une tempête, il serait
plein — et il est vide !

J'étais gai et riant, aimant la vie et
ma mère, pauvre mère !

Je me rappelle encore mes petites
joies à voir les chevaux courir sur la
route, à voir la fumée de leur haleine
et la sueur inonder leurs harnais,
j'aimais le trot monotone et cadencé
qui fait osciller les soupentes — et
puis, quand on s'arrêtait, tout se taisait dans les champs. On voyait la
fumée sortir de leurs naseaux, la voiture ébranlée se raffermissait sur ses

ressorts, le vent sifflait sur les vitres,
et c'était tout...

Oh ! comme j'ouvrais aussi de
grands yeux sur la foule en habits de
fête, joyeuse, tumultueuse, avec des
cris ; mer d'hommes, orageuse, plus
colère encore que la tempête et plus
sotte que sa furie.

J'aimais les chars, les chevaux, les
armées, les costumes de guerre, les
tambours battants, le bruit, la poudre
et les canons roulants sur le pavé des
villes.

Enfant, j'aimais ce qui se voit ;
adolescent, ce qui se sent ; homme, je
n'aime plus rien. Et cependant, combien de choses j'ai dans l'âme, combien de forces intimes et combien
d'océans de colère et d'amour se heur-
tent, se brisent dans ce cœur si faible,
si débile, si lassé, si épuisé !

On me dit de reprendre à la vie, de
me mêler à la foule !... Et comment
la branche cassée peut-elle porter des

fruits ? Comment la feuille arrachée par les vents et traînée dans la poussière peut-elle reverdir ? Et pourquoi, si jeune, tant d'amertume ? Que saisje ! il était peut-être dans ma destinée de vivre ainsi, lassé avant d'avoir porté le fardeau, haletant avant d'avoir couru...

J'ai lu, j'ai travaillé dans l'ardeur de l'enthousiasme... j'ai écrit...... O comme j'étais heureux alors ! — comme ma pensée, dans son délire, s'envolait haut dans ces régions inconnues aux hommes, où il n'y a ni monde, ni planètes, ni soleils ; j'avais un infini plus immense, s'il est possible, que l'infini de Dieu, où la poésie se berçait et déployait ses ailes dans une atmosphère d'amour et d'extase, et puis il fallait redescendre de ces régions sublimes vers les mots, et comment rendre par la parole cette harmonie qui s'élève dans le cœur du poète et les pensées de géant qui font

2

ployer les phrases comme une main forte et gonflée fait crever le gant qui la couvre ?

Là encore, la déception ; car nous touchons à la terre, à cette terre de glace où tout feu meurt, où toute énergie faiblit. Par quels échelons descendre de l'infini au positif? Par quelle gradation la pensée s'abaisse-t-elle sans se briser ? Comment rapetisser ce géant qui embrasse l'infini?

Alors, j'avais des moments de tristesse et de désespoir, je sentais ma force qui me brisait et cette faiblesse dont j'avais honte — car la parole n'est qu'un écho lointain et affaibli de la pensée ; je maudissais mes rêves les plus chers et mes heures silencieuses passées sur la limite de la création. Je sentais quelque chose de vide et d'insatiable qui me dévorait.

Lassé de la poésie, je me lançai dans le champ de la méditation.

Je fus épris d'abord de cette étude

imposante qui se propose l'homme pour but et qui veut se l'expliquer, qui va jusqu'à disséquer des hypothèses et à discuter sur les suppositions les plus abstraites et à peser géométriquement les mots les plus vides.

L'homme, grain de sable jeté dans l'infini par une main inconnue, pauvre insecte aux faibles pattes qui veut se retenir sur le bord du gouffre à toutes les branches, qui se rattache à la vertu, à l'amour, à l'ambition et qui fait des vertus de tout cela pour mieux s'y tenir, qui se cramponne à Dieu, et qui faiblit toujours, lâche les mains et tombe...

Homme qui veut comprendre ce qui n'est pas, et faire une science du néant ; homme, âme fait à l'image de Dieu et dont le génie sublime s'arrête à un brin d'herbe et ne peut franchir le problème d'un grain de poussière ! Et la lassitude me prit ; je vins à douter de tout. Jeune, j'étais vieux ; mon cœur avait des rides, et en voyant des vieillards encore vifs, pleins d'enthousiasme et de croyances, je riais amèrement sur moi-même, si jeune, si désabusé de la vie, de l'amour, de la gloire, de Dieu, de tout ce qui est, de tout ce qui peut être. J'eus cependant une horreur naturelle avant d'embrasser cette foi au néant ; au bord du gouffre, je fermai les yeux, — j'y tombai.

Je fus content : je n'avais plus de chute à faire, j'étais froid et calme comme la pierre d'un tombeau. — Je croyais trouver le bonheur dans le doute, insensé que j'étais. — On y roule dans un vide incommensurable.

Ce vide-là est immense et fait dresser les cheveux d'horreur quand on s'approche du bord.

Du doute de Dieu, j'en vins au doute de la vertu, fragile idée que chaque siècle a dressée comme il a pu sur l'échafaudage des lois, plus vacillant encore.

Je vous conterai plus tard toutes les phases de cette vie morne et méditative passée au coin du feu, les bras croisés, avec un éternel bâillement d'ennui — seul pendant tout un jour — et tournant de temps en temps mes regards sur la neige des toits voisins, sur le soleil couchant avec ses jets de pâle lumière, sur le pavé de ma chambre, ou sur une tête de mort jaune, édentée et grinçant sans cesse sur ma cheminée, symbole de la vie et, comme elle, froide et railleuse.

Plus tard, vous lirez peut-être toutes les angoisses de ce cœur si battu, si navré d'amertume. Vous saurez les aventures de cette vie si paisible et si banale, si remplie de sentiments, si vide de faits.

Et vous me direz ensuite si tout n'est pas une dérision et une moquerie, si tout ce qu'on chante dans les écoles, tout ce qu'on délaie dans les livres, tout ce qui se voit, se sent, se parle, si tout ce qui existe . . . .

. . . .

Je n'achève pas tant j'ai d'amertume à le dire. Eh bien! si tout cela enfin n'est pas de la pitié, de la fumée, du néant!

III

Je fus au collège dès l'âge de dix
ans et j'y contractai de bonne heure
une profonde aversion pour les hommes,— cette société d'enfants est aussi
cruelle pour ses victimes que l'autre
petite société, celle des hommes.

Même injustice de la foule, même
tyrannie des préjugés et de la force,
même égoïsme quoi qu'on en ait dit

sur le désintéressement et la fidélité
de la jeunesse. Jeunesse — âge de folie et de rêves, de poésie et de bêtise,
synonymes dans la bouche des gens
qui jugent le monde *sainement*. J'y
fus froissé dans tous mes goûts : dans
la classe, pour mes idées ; aux récréations, pour mes penchants de sauva-
gerie solitaire. Dès lors, j'étais un
fou.

J'y vécus donc seul et ennuyé, tra-
cassé par mes maîtres et raillé par
mes camarades. J'avais l'humeur railleuse et indépendante, et ma mor-
dante et cynique ironie n'épargnait
pas plus le caprice d'un seul que le
despotisme de tous.

Je me vois encore, assis sur les
bancs de la classe, absorbé dans mes
rêves d'avenir, pensant à ce que l'i-
magination d'un enfant peut rêver de
plus sublime, tandis que le pédago-
gue se moquait de mes vers latins,
que mes camarades me regardaient

en ricanant. Les imbéciles! eux, rire
de moi! eux, si faibles, si communs,
au cerveau si étroit; moi, dont l'esprit se noyait sur les limites de la
création, qui étais perdu dans tous
les mondes de la poésie, qui me sentais plus grand qu'eux tous, qui rece-
vais des jouissances infinies et qui
avais des extases célestes devant toutes
les révélations intimes de mon âme!

Moi qui me sentais grand comme
le monde et qu'une seule de mes
pensées, si elle eût été de feu comme
la foudre, eût pu réduire en poussière!
pauvre fou!

Je me voyais jeune, à vingt ans,
entouré de gloire; je rêvais de lointains voyages dans les contrées du
sud; je voyais l'Orient et ses sables
immenses, ses palais que foulent les
chameaux et leurs clochettes d'airain;
je voyais les cavales bondir vers l'horizon rougi par le soleil; je voyais des
vagues bleues, un ciel pur, un sable

d'argent ; je sentais le parfum de ces
Océans tièdes du midi ; et puis, près
de moi, sous une tente, à l'ombre
d'un aloès aux larges feuilles, quelque
femme à la peau brune, au regard
ardent, qui m'entourait de ses deux
bras et me parlait la langue des hou-
ris.

Le soleil s'abaissait dans le sable,
les chamelles et les juments dor-
maient, l'insecte bourdonnait à leurs
mamelles, le vent du soir passait près
de nous.

Et, la nuit venue, quand cette lune
d'argent jetait ses regards pâles sur
le désert, que les étoiles brillaient sur
ce ciel d'azur, alors, dans le silence
de cette nuit chaude et embaumée, je
rêvais des joies infinies, des voluptés
qui sont du ciel.

Et c'était encore la gloire, avec ses
bruits de mains, ses fanfares vers le
ciel, ses lauriers, sa poussière d'or
jetée aux vents, — c'était un brillant

théâtre avec des femmes parées, des
diamants aux lumières, un air lourd,
des poitrines haletantes, — puis un
recueillement religieux, des paroles
dévorantes comme l'incendie, des
pleurs, du rire, des sanglots, l'eni-
vrement de la gloire, — des cris
d'enthousiasme, le trépignement de
la foule, quoi ! — de la vanité, du
bruit, du néant.

Enfant, j'ai rêvé l'amour ; — jeune
homme, la gloire, — homme, la
tombe, ce dernier amour de ceux qui
n'en ont plus.

Je percevais aussi l'antique époque
des siècles qui ne sont plus et des
races couchées sous l'herbe ; je voyais
la bande de pèlerins et de guerriers
marcher vers le Calvaire, s'arrêter
dans le désert, mourant de faim, im-
plorant ce Dieu qu'ils allaient chercher, et, lassée de ses blasphèmes,
marcher toujours vers cet horizon
sans bornes, — puis, lasse, haletante,

arriver enfin au but de son voyage,
désespérée et vieille, pour embrasser
quelques pierres arides, hommage du
monde entier. — Je voyais les cheva-
liers courir sur les chevaux couverts
de fer comme eux ; et les coups de
lances dans les tournois ; et le pont
de bois s'abaisser pour recevoir le sei-
gneur suzerain qui revient avec son
épée rougie et des captifs sur la croupe
de ses chevaux ; la nuit encore, dans
la sombre cathédrale, toute la nef
ornée d'une guirlande de peuples qui
montent vers la voûte, dans les gale-
ries, avec des chants ; des lumières
qui resplendissent sur les vitraux ; et,
dans la nuit de Noël, toute la vieille
ville avec ses toits aigus couverts de
neige, s'illuminer et chanter.

Mais c'était Rome que j'aimais —
la Rome impériale, cette belle reine
se roulant dans l'orgie, salissant ses
nobles vêtements du vin de la débauche, plus fière de ses vices qu'elle ne

l'était de ses vertus.— Néron ! — Néron, avec ses chars de diamant vo-
lant dans l'arène, ses mille voitures,
ses amours de tigre et ses festins de
géant. — Loin des classiques leçons,
je me reportais vers tes immenses
voluptés, tes illuminations sanglan-
tes, tes divertissements qui brûlent
Rome.

Et, bercé dans ces vagues rêveries,
ces songes sur l'avenir, emporté par
cette pensée aventureuse échappée
comme une cavale sans frein qui
franchit les torrents, escalade les
monts et vole dans l'espace,— je res-
tais des heures entières la tête dans
mes mains à regarder le plancher
de mon étude, où une araignée jeter
sa toile sur la chaire de notre maître.
— Et quand je me réveillais avec un
grand œil béant, on riait de moi,
— le plus paresseux de tous, — qui
jamais n'aurait une idée positive, qui
ne montrait aucun penchant pour au-

cune profession, qui serait inutile
dans ce monde où il faut que chacun
aille prendre sa part du gâteau, et
qui, enfin, ne serait jamais bon à
rien, tout au plus à faire un bouffon,
un montreur d'animaux ou un fai-
seur de livres.

(Quoique d'une excellente santé,
mon genre d'esprit perpétuellement
froissé par l'existence que je menais
et par le contact des autres, avait oc-
casionné en moi une irritation ner-
veuse qui me rendait véhément et
emporté comme le taureau malade de
la piqûre des insectes. — J'avais des
rêves, des cauchemars affreux).

O la triste et maussade époque! Je
me vois encore errant, seul, dans les
longs corridors blanchis de mon collège, à regarder les hiboux et les
corneilles s'envoler des combles de
la chapelle, ou bien, couché dans ces
mornes dortoirs éclairés par la lampe
dont l'huile se gelait, dans les nuits,

j'écoutais longtemps le vent qui souf-
flait lugubrement dans les longs ap-
partements vides et qui sifflait dans
les serrures en faisant trembler les
vitres dans leurs châssis ; j'entendais les pas de l'homme de ronde qui
marchait lentement avec sa lanterne,
et, quand il venait près de moi, je
faisais semblant d'être endormi et je
m'endormais, en effet, moitié dans les
rêves, moitié dans les pleurs.

IV

C'étaient d'effroyables visions à rendre fou de terreur.

J'étais couché dans la maison de mon père ; tous les meubles étaient conservés, mais tout ce qui m'entourait cependant avait une teinte noire. — C'était une nuit d'hiver et la neige jetait une clarté blanche dans ma chambre ; tout à coup la neige se fon-

3

dit et les herbes et les arbres prirent
une teinte rousse et brûlée comme si
un incendie eût éclairé mes fenêtres;
j'entendis des bruits de pas — on
montait l'escalier — un air chaud,
une vapeur fétide monta jusqu'à moi
— ma porte s'ouvrit d'elle-même. On
entra, ils étaient beaucoup — peut-
être sept à huit, je n'eus pas le temps
de les compter. Ils étaient petits ou
grands, couverts de barbes noires et
rudes — sans armes, mais tous avaient
une lame d'acier entre les dents, et,
comme ils s'approchèrent en cercle
autour de mon berceau, leurs dents
vinrent à claquer et ce fut horrible. —
Ils écartèrent mes rideaux blancs et
chaque doigt laissait une trace de
sang; ils me regardèrent avec de
grands yeux fixes et sans paupières;
je les regardai aussi; je ne pouvais
faire aucun mouvement — je voulus
crier.

Il me sembla alors que la maison

se levait de ses fondements, comme si
un levier l'eût soulevée.

Ils me regardèrent ainsi longtemps,
puis ils s'écartèrent et je vis que tous
avaient un côté du visage sans peau
et qui saignait lentement.—Ils soule-
vèrent tous mes vêtements et tous
avaient du sang. — Ils se mirent à
manger et le pain qu'ils rompirent
laissait échapper du sang, qui tom-
bait goutte à goutte, et ils se mirent
à rire, comme le râle d'un mourant.

Puis, quand ils n'y furent plus, tout
ce qu'ils avaient touché, les lambris,
l'escalier, le plancher, tout cela était
rougi par eux.

J'avais un goût d'amertume dans
le cœur, il me sembla que j'avais
mangé de la chair, et j'entendis un
cri prolongé, rauque, aigu et les fenêtres et les portes s'ouvrirent lentement, et le vent les faisait battre et
crier, comme une chanson bizarre

dont chaque sifflement me déchirait la poitrine avec un stylet.

Ailleurs, c'était dans une campagne verte et émaillée de fleurs, le long d'un fleuve : — j'étais avec ma mère qui marchait du côté de la rive ; — elle tomba. — Je vis l'eau écumer, des cercles s'aggrandir et disparaître tout à coup. — L'eau reprit son cours, et puis je n'entendis plus que le bruit de l'eau qui passait entre les joncs et faisait ployer les roseaux.

Tout à coup, ma mère m'appela : Au secours ! Au secours ! ô mon pauvre enfant, au secours ! à moi !

Je me penchai à plat ventre sur l'herbe pour regarder : je ne vis rien ; les cris continuaient.

Une force invincible m'attachait sur la terre — et j'entendais les cris : Je me noie ! je me noie ! A mon secours !

L'eau coulait, coulait limpide, et cette voix que j'entendais du fond du fleuve m'abîmait de désespoir et de rage...

V

Voilà donc comme j'étais : — rê-
veur insouciant, avec l'humeur indépendante et railleuse, me bâtissant
une destinée et rêvant à toute la poésie d'une existence pleine d'amour,
vivant aussi sur mes souvenirs, autant qu'à seize ans on peut en avoir.

Le collège m'était antipathique. Ce
serait une curieuse étude que ce pro-

fond dégoût des âmes nobles et éle-
vées manifesté de suite par le contact
et le froissement des hommes. Je n'ai
jamais aimé une vie réglée, des heures fixes, une existence d'horloge où
il faut que la pensée s'arrête avec la
cloche, où tout est remonté d'avance
pour des siècles et des générations.
Cette régularité sans doute peut con-
venir au plus grand nombre, mais
pour le pauvre enfant qui se nourrit
de poésie, de rêves et de chimères,
qui pense à l'amour et à toutes les
balivernes, c'est l'éveiller sans cesse
de ce songe sublime, c'est ne pas lui
laisser un moment de repos, c'est l'é-
touffer en le ramenant dans notre atmosphère de matérialisme et de bon
sens dont il a horreur et dégoût.

J'allais à l'écart avec un livre de
vers, un roman, de la poésie, quelque
chose qui fasse tressaillir ce cœur de
jeune homme vierge de sensations et
si désireux d'en avoir.

Je me rappelle avec quelle volupté je dévorais alors les pages de Byron et de Werther ; avec quels transports je lus Hamlet, Roméo et les ouvrages les plus brûlants de notre époque, toutes ces œuvres enfin qui fondent l'âme en délices ou la brûlent d'enthousiasme.

Je me nourris donc de cette poésie âpre du Nord qui retentit si bien, comme les vagues de la mer, dans les œuvres de Byron. — Souvent j'en retenais à la première lecture des fragments entiers, et je me les répétais à moi-même, comme une chanson qui vous a charmé et dont la mélodie vous poursuit toujours. Combien de fois n'ai-je pas dit le commencement du Giaour : *Pas un souffle d'air...* ou bien dans Childe Harold : *Jadis dans l'antique Albion*, et : *O mer, je t'ai toujours aimée*. La platitude de la traduction française disparaissait devant les pensées seules, comme si elles eussent eu un style à elles sans les mots eux-mêmes.

Ce caractère de passion brûlante, joint avec une si profonde ironie, devait agir fortement sur une nature ardente et vierge. Tous ces échos inconnus à la somptueuse dignité des littératures classiques avaient pour moi un parfum de nouveauté, un attrait qui m'attirait sans cesse vers cette poésie géante qui vous donne le vertige et nous fait tomber dans le gouffre sans fond de l'infini.

Je m'étais donc faussé le goût et le cœur, comme disaient mes professeurs, et, parmi tant d'êtres aux penchants si ignobles, mon indépendance d'esprit m'avait fait estimer le plus dépravé de tous ; j'étais ravalé au plus bas rang par la supériorité même. A peine si on me cédait l'imagination, c'est-à-dire, selon eux, une exaltation de cerveau voisine de la folie.

Voilà quelle fut mon entrée dans la société, et l'estime que je m'y attirai.

———

VI

Si l'on calomniait mon esprit et mes principes, on n'attaquait pas mon cœur, car j'étais bon alors et les misères d'autrui m'arrachaient des larmes.

Je me souviens que, tout enfant, j'aimais à vider mes poches dans celles du pauvre ; de quel sourire ils accueillaient mon passage et quel plai-

sir aussi j'avais à leur faire du bien.
C'est une volupté qui m'est depuis
longtemps inconnue — car maintenant j'ai le cœur sec, les larmes se
sont séchées. Mais malheur aux hommes qui m'ont rendu corrompu et
méchant, de bon et de pur que j'étais !
Malheur à cette aridité de la civilisa-
tion qui dessèche et étiole tout ce qui
s'élève au soleil de la poésie et du
cœur ! Cette vieille société corrompue
qui a tout séduit et tout usé. Ce vieux
juif cupide mourra de marasme et
d'épuisement sur ces tas de fumier
qu'il appelle ses trésors, sans poète
pour chanter sa mort, sans prêtre
pour lui fermer les yeux, sans or pour
son mausolée, car il aura tout usé
pour ses vices.

———

VII

Quand donc finira cette société abâ-
tardie par toutes les débauches, débauche d'esprit, de corps et d'âme?

Alors, il y aura sans doute une joie
sur la terre, quand ce vampire men-
teur et hypocrite qu'on appelle civili-
sation viendra à mourir. On quittera
le manteau royal, le sceptre, les diamants, le palais qui s'écroule, la ville

qui tombe, pour aller rejoindre la cavale et la louve. Après avoir passé sa
vie dans les palais et usé ses pieds
sur les dalles des grandes villes,
l'homme ira mourir dans les bois.

La terre sera séchée par les incen-
dies qui l'ont brûlée et toute pleine
de la poussière des combats; le
souffle de désolation qui a passé sur
les hommes aura passé sur elle, et elle
ne donnera plus que des fruits amers
et des roses d'épines, et les races
s'éteindront au berceau, comme les
plantes battues par les vents qui meu-
rent avant d'avoir fleuri.

Car il faudra bien que tout finisse
et que la terre s'use à force d'être fou-
lée. Car l'immensité doit être lasse
enfin de ce grain de poussière qui
fait tant de bruit et trouble la majesté
du néant. Il faudra que l'or s'épuise
à force de passer dans les mains et
de corrompre. Il faudra bien que cette
vapeur de sang s'apaise, que le palais

s'écroule sous le poids des richesses qu'il recèle, que l'orgie finisse et qu'on se réveille.

Alors il y aura un rire immense de désespoir quand les hommes verront ce vide, quand il faudra quitter la vie pour la mort — pour la mort qui mange, qui a faim toujours. Et tout craquera pour s'écrouler dans le néant — et l'homme vertueux maudira sa vertu et le vice battra des mains.

Quelques hommes encore errants dans une terre aride s'appelleront mutuellement ; ils iront les uns vers les autres, et ils reculeront d'horreur, effrayés d'eux-mêmes et ils mourront. Que sera l'homme alors, lui qui est déjà plus féroce que les bêtes fauves et plus vil que les reptiles ? Adieu pour jamais, chars éclatants, fanfares et renommées, adieu au monde, à ces palais, à ces mausolées, aux voluptés du crime et aux joies de la corruption,— la pierre tombera tout à coup, écrasée par elle-même, et l'herbe poussera dessus ! — Et les palais, les temples, les pyramides, les colonnes, mausolées du roi, cercueil du pauvre, charogne du chien, tout sera à la même hauteur sous le gazon de la terre.

Alors, la mer sans digues battra en repos les rivages, et ira baigner ses flots sur la cendre encore fumante des cités ; les arbres pousseront, verdiront, sans une main pour les casser et les briser ; les fleuves couleront dans des prairies émaillées ; la nature sera libre sans homme pour la contraindre, et cette race sera éteinte, car elle était maudite dès son enfance.

. . . .
. . . .

Triste et bizarre époque que la nôtre ! Vers quel océan ce torrent d'iniquités coule-t-il ? Où allons-nous dans une nuit si profonde ? Ceux qui veulent palper ce monde malade se reti-

rent vite, effrayés de la corruption qui
s'agite dans ses entrailles.

Quand Rome se sentit à son agonie, elle avait au moins un espoir :
elle entrevoyait derrière le linceul la
croix radieuse, brillant sur l'éternité.
Cette religion a duré deux mille ans
et voilà qu'elle s'épuise, qu'elle ne
suffit plus, et qu'on s'en moque, —
voilà ses églises qui tombent, ses ci-
metières tassés de morts et qui regor-
gent.

Et nous, quelle religion aurons-
nous ?

Être si vieux que nous le sommes,
et marcher encore dans le désert
comme les Hébreux qui fuyaient d'É-
gypte.

Où sera la Terre Promise?

Nous avons essayé de tout et nous
renions tout sans espoir — et puis
une étrange cupidité nous a pris dans
l'âme et l'humanité; il y a une in-
quiétude immense qui nous ronge;

4

il y a un vide dans notre foule.— Nous
sentons autour de nous un froid de
sépulcre.

L'humanité s'est prise à tourner
des machines, et, voyant l'or qui en
ruisselait, elle s'est écriée : C'est Dieu.
Et ce Dieu là, elle le mange. Il y a —
c'est que tout est fini : adieu ! adieu !
— du vin avant de mourir ! Chacun
se rue où le pousse son instinct ; le
monde fourmille comme les insèctes
sur un cadavre ; les poètes passent
sans avoir le temps de sculpter leurs
pensées, à peine s'ils les jettent sur
des feuilles et les feuilles volent ; tout
brille et tout retentit dans cette mas-
carade, sous ses royautés d'un jour et
ses sceptres de carton ; l'or roule, le
vin ruisselle, la débauche froide lève
sa robe et remue... horreur ! horreur !
Et puis, il y a sur tout cela un voile
dont chacun prend sa part et se cache
le plus qu'il peut.

Dérision ! horreur ! horreur !

VIII

Et il y a des jours où j'ai une lassitude immense, et un sombre ennui
m'enveloppe comme un linceul partout où je vais : ses plis m'embarras-
sent et me gênent, la vie me pèse
comme un remords. Si jeune et si
lassé de tout, quand il y en a qui
sont vieux et encore pleins d'enthousiasme ! et moi, je suis si tombé, si dé-

senchanté. — Que faire ? La nuit, regarder la lune qui jette sur mes lambris ses clartés tremblantes comme
un large feuillage, et, le jour, le soleil
dorant les toits voisins? — Est-ce là
vivre ; non, c'est la mort, moins le repos du sépulcre.

Et j'ai des petites joies à moi seul,
des réminiscences enfantines qui vien-
nent encore me réchauffer dans mon
isolement comme des reflets de soleil
couchant par les barreaux d'une pri-
son : un rien, la moindre circon-
stance, un jour pluvieux, un grand
soleil, une fleur, un vieux meuble,
me rappellent une série de souvenirs
qui passent tous, confus, effacés comme
des ombres. — Jeux d'enfant sur
l'herbe au milieu des marguerites
dans les prés, derrière la haie fleurie,
le long de la vigne aux grappes dorées, sur la mousse brune et verte,
sous les larges feuilles, les frais om-
brages. Souvenirs calmes et riants

comme un souvenir du premier âge,
vous passez près de moi comme des
roses flétries.

La jeunesse, ses bouillants transports, ses instincts confus du monde
et du cœur, ses palpitations d'amour,
ses larmes, ses cris. — Amour du
jeune homme, ironies de l'âge mûr !
Oh ! vous revenez souvent avec vos
couleurs sombres ou ternes, fuyant,
poussées les unes par les autres,
comme les ombres qui passent en
courant sur les murs, dans les nuits
d'hiver. Et je tombe souvent en extase devant le souvenir de quelque
bonne journée passée depuis bien
longtemps, journée folle et joyeuse,
avec des éclats et des rires qui vi-
brent encore à mes oreilles et qui
palpitent encore de gaîté, et qui me
fait sourire d'amertume. — C'était
quelque course sur un cheval bondis-
sant et couvert d'écume, quelque promenade bien rêveuse sous une large

allée couverte d'ombre, à regarder
l'eau couler sur les cailloux ; ou une
contemplation d'un beau soleil resplendissant avec ses gerbes de feu et
ses auréoles rouges. Et j'entends encore le galop du cheval, ses naseaux
qui fument ; j'entends l'eau qui glisse,
la feuille qui tremble, le vent qui
courbe les blés comme une mer.

D'autres sont mornes et froids
comme des journées pluvieuses ; des
souvenirs amers et cruels qui reviennent aussi — des heures de calvaire
passées à pleurer sans espoir, et puis
à rire forcément pour chasser les larmes qui cachent les yeux, les sanglots
qui couvrent la voix.

Je suis resté bien des jours, bien
des ans, assis à ne penser à rien, ou
à tout, abîmé dans l'infini que je
voulais embrasser, et qui me dévorait.

J'entendais la pluie tomber dans
les gouttières, les cloches sonner en

pleurant ; je voyais le soleil se coucher et la nuit venir, la nuit dormeuse qui vous apaise, et puis le jour reparaissait — toujours le même avec ses ennuis, son même nombre d'heures à vivre et que je voyais mourir avec joie.

Je rêvais la mer, les lointains voyages, les amours, les triomphes, toutes choses avortées dans mon existence, cadavre avant d'avoir vécu.

Hélas ! tout cela n'était donc pas fait pour moi. Je n'envie pas les autres, car chacun se plaint du fardeau dont la fatalité l'accable ; — les uns le jettent avant l'existence finie, d'autres le portent jusqu'au bout. Et moi, le porterai-je ?

À peine ai-je vu la vie, qu'il y a eu un immense dégoût dans mon âme ; j'ai porté à ma bouche tous les fruits : — ils m'ont semblé amers ; je les ai repoussés, et voilà que je meurs de faim. Mourir si jeune, sans espoir

dans la tombe, sans être sûr d'y dormir, sans savoir si sa paix est invio-
lable ! Se jeter dans les bras du néant
et douter s'il vous recevra !

Oui, je meurs, car est-ce vivre de
voir son passé comme l'eau écoulée
dans la mer, le présent comme une
cage, l'avenir comme un linceul?

IX

Il y a des choses insignifiantes qui m'ont frappé fortement et que je garderai toujours comme l'empreinte d'un fer rouge, quoiqu'elles soient banales et niaises.

Je me rappellerai toujours une espèce de château non loin de ma ville, et que nous allions voir souvent. — C'était une de ces vieilles femmes du

siècle dernier qui l'habitait. Tout chez
elle avait conservé le souvenir pasto-
ral ; — je vois encore les portraits
poudrés, les habits bleu ciel des hommes, et les roses et les œillets jetés
sur les lambris avec des bergères et
des troupeaux. — Tout avait un aspect
vieux et sombre : les meubles, presque tous de soie brodée, étaient spa-
cieux et doux ; — la maison était
vieille ; d'anciens fossés, alors plantés de pommiers, l'entouraient, et les
pierres qui se détachaient de temps
en temps des créneaux allaient rouler
jusqu'au fond.

Non loin était le parc planté de
grands arbres, avec des allées sombres, des bancs de pierre couverts de
mousse, à demi-brisés, entre les bran-
chages et les ronces. — Une chèvre
paissait et, quand on ouvrait la grille
de fer, elle se sauvait dans le feuillage.

Dans les beaux jours, il y avait des

rayons de soleil qui passaient entre les branches et doraient la mousse çà et là.

C'était triste, le vent s'engouffrait dans ces larges cheminées de briques et me faisait peur, — quand le soir surtout les hiboux poussaient leurs cris dans les vastes greniers.

Nous prolongions souvent nos visites assez tard le soir, réunis autour de la vieille maîtresse dans une grande salle couverte de dalles blanches, devant une vaste cheminée en marbre. Je vois encore sa tabatière d'or pleine du meilleur tabac d'Espagne, son carlin aux longs poils blancs, et son petit pied mignon enveloppé dans un joli soulier à haut talon orné d'une rose noire.

Qu'il y a longtemps de tout cela ! La maîtresse est morte, ses carlins aussi, sa tabatière est dans la poche du notaire ; — le château sert de fabrique, et le pauvre soulier a été jeté à la rivière . . . .

APRÈS TROIS SEMAINES D'ARRÊT:

... Je suis si lassé que j'ai un profond dégoût à continuer, ayant relu ce qui précède.

Les œuvres d'un homme ennuyé peuvent-elles amuser le public?

Je vais cependant m'efforcer de divertir davantage l'un et l'autre.

Ici commencent vraiment les mémoires...

X

Ici sont mes souvenirs les plus tendres et les plus pénibles à la fois, et
je les aborde avec une émotion toute
religieuse. Ils sont vivants à ma mé-
moire et presque chauds encore pour
mon âme, tant cette passion l'a fait
saigner. C'est une large cicatrice au
cœur qui durera toujours ; mais, au
moment de retracer cette page de ma

vie, mon cœur bat comme si j'allais
remuer des ruines chéries.

Elles sont déjà vieilles ces ruines :
en marchant dans la vie, l'horizon
s'est écarté par derrière, et que de
choses depuis lors! car les jours sem-
blent longs, un à un, depuis le matin
jusqu'au soir. Mais le passé paraît
rapide, tant l'oubli rétrécit le cadre
qui l'a contenu. Pour moi tout semble vivre encore; j'entends et je vois
le frémissement des feuilles, je vois
jusqu'au moindre pli de sa robe. J'entends le timbre de sa voix, comme si
un ange chantait près de moi.

Voix douce et pure — qui vous eni-
vre et qui vous fait mourir d'amour,
voix qui a un corps, tant elle est belle,
et qui séduit, comme s'il y avait un
charme à ses mots. . . . . . .

. . . .

Vous dire l'année précise me serait
impossible ; mais alors j'étais fort
jeune, — j'avais, je crois, quinze ans;

nous allâmes cette année aux bains
de mer de..., village de Picardie,
charmant avec ses maisons entassées
les unes sur les autres, noires, grises,
rouges, blanches, tournées de tous
côtés, sans alignement et sans symé-
trie, comme un tas de coquilles et de
cailloux que la vague a poussés sur
la côte.

Il y a quelques années personne
n'y venait, malgré sa plage d'une
demi-lieue de grandeur et sa charmante position ; mais, depuis peu, la
vogue s'y est tournée. La dernière
fois que j'y fus, je vis quantité de
gants-jaunes et de livrées ; on propo-
sait même d'y construire une salle de
spectacle.

Alors, tout était simple et sauvage:
il n'y avait guère que des artistes et
des gens du pays. Le rivage était désert et à marée basse on voyait une
plage immense avec un sable gris et
argenté qui scintillait au soleil, tout

humide encore de la vague. A gau-
che, des rochers où la mer battait pa-
resseusement, dans ses jours de som-
meil, les parois noircies de varech,
puis au loin l'océan bleu sous un soleil ardent et mugissant sourdement,
comme un géant qui pleure.

Et, quand on rentrait dans le village, c'était le plus pittoresque et le
plus chaud spectacle. Des filets noirs
et rongés par l'eau étendus aux portes, partout les enfants à moitié nus
marchant sur un galet gris, seul pa-
vage du lieu, des marins avec leurs
vêtements rouges et bleus ; et tout
cela simple dans sa grâce, naïf et robuste, — tout cela empreint d'un caractère de vigueur et d'énergie.

J'allais souvent seul me promener
sur la grève ; un jour, le hasard me
fit aller vers l'endroit où l'on se bai-
gnait. C'était une place, non loin des
dernières maisons du village, fré-
quentée plus spécialement pour cet

usage. — Hommes et femmes na-
geaient ensemble : on se déshabil-
lait sur le rivage ou dans sa maison et
on laissait son manteau sur le sable.

Ce jour-là, une charmante pelisse
rouge avec des raies noires était res-
tée sur le rivage. La marée montait,
le rivage était festonné d'écume, déjà
un flot plus fort avait mouillé les
franges de soie de ce manteau. Je
l'ôtai pour le placer au loin ; l'étoffe
en était moelleuse et légère : c'était
un manteau de femme.

Apparemment on m'avait vu, car
le jour même, au repas de midi, et
comme tout le monde mangeait dans
une salle commune à l'auberge où
nous étions logés, j'entendis quelqu'un
qui me disait :

— Monsieur, je vous remercie bien
de votre galanterie.

Je me retournai.

C'était une jeune femme assise avec
son mari à la table voisine.

5

— Quoi donc? lui demandai-je, pré-
occupé.

— D'avoir ramassé mon manteau :
n'est-ce pas vous ?

— Oui, madame, repris-je, embarrassé.

Elle me regarda.

Je baissai les yeux et rougis. Quel
regard, en effet ! Comme elle était
belle, cette femme ! Je vois encore
cette prunelle ardente sous un sour-
cil noir se fixer sur moi comme un
soleil.

Elle était grande, brune, avec de
magnifiques cheveux noirs qui lui
tombaient en tresses sur les épaules ;
son nez était grec, ses yeux brûlants,
ses sourcils hauts et admirablement
arqués, — sa peau était ardente et
comme veloutée avec de l'or ; elle
était mince et fine ; on voyait des veines d'azur serpenter sur cette gorge
brune et pourprée. Joignez à cela un
duvet fin qui brunissait sa lèvre su-

périeure et donnait à sa figure une
expression mâle et énergique à faire
pâlir les beautés blondes. On aurait
pu lui reprocher trop d'embonpoint
ou plutôt un négligé artistique, —
aussi les femmes en général la trou-
vaient-elles de mauvais ton. Elle parlait lentement : c'était une voix mo-
dulée, musicale et douce.— Elle avait
une robe fine de mousseline blanche
qui laissait voir les contours moel-
leux de son bras.

Quand elle se leva pour partir, elle
mit une capote blanche avec un seul
nœud rose. Elle le noua d'une main
fine et potelée, une de ces mains dont
on rêve longtemps et qu'on brûlerait
de baisers.

Chaque matin j'allais la voir se baigner ; je la contemplais de loin sous
l'eau, j'enviais la vague molle et paisible qui battait sur ses flancs et cou-
vrait d'écume cette poitrine haletante,
je voyais le contour de ses membres

sous les vêtements mouillés qui la
couvraient, je voyais son cœur battre,
sa poitrine se gonfler ; je contemplais machinalement son pied se po-
ser sur le sable, et mon regard res-
tait fixé sur la trace de ses pas, et
j'aurais pleuré presque en voyant le
flot les effacer lentement.

Et puis, quand elle revenait et
qu'elle passait près de moi, que j'entendais l'eau tomber de ses habits et
le frôlement de sa marche, mon cœur
battait avec violence ; je baissais les
yeux, le sang me montait à la tête.
— J'étouffais. Je sentais ce corps de
femme à moitié nu passer près de
moi avec le parfum de la vague. Sourd
et aveugle, j'aurais deviné sa pré-
sence, car il y avait en moi quelque
chose d'intime et de doux qui se noyait
en extase et en gracieuses pensées,
quand elle passait ainsi.

Je crois voir encore la place où
j'étais fixé sur le rivage ; je vois les

vagues accourir de toutes parts, se briser, s'étendre ; je vois la plage festonnée d'écume ; j'entends le bruit des voix confuses des baigneurs parlant entr'eux, j'entends le bruit de ses pas, j'entends son haleine quand elle passait près de moi.

J'étais immobile de stupeur comme si la Vénus fût descendue de son piédestal et s'était mise à marcher. C'est que, pour la première fois alors, je sentais mon cœur, je sentais quelque chose de mystique, d'étrange comme un sens nouveau. J'étais baigné de sentiments infinis, tendres ; j'étais bercé d'images vaporeuses, vagues ; j'étais plus grand et plus fier tout à la fois.

J'aimais.

Aimer, se sentir jeune et plein d'amour, sentir la nature et ses harmonies palpiter en vous, avoir besoin de cette rêverie, de cette action du cœur et s'en sentir heureux ! O les premiers

battements du cœur de l'homme,
ses premières palpitations d'amour !
qu'elles sont douces et étranges ! Et
plus tard, comme elles paraissent
niaises et sottement ridicules ! Chose
bizarre, il y a tout ensemble du tour-
ment et de la joie dans cette insom-
nie. — Est-ce par vanité encore?

... Ah ! l'amour ne serait-il que de
l'orgueil? Faut-il nier ce que les impies respectent? Faudrait-il rire du
cœur ?

Hélas ! hélas !

La vague a effacé les pas de Maria.

Ce fut d'abord un singulier état de
surprise et d'admiration, une sensa-
tion toute mystique en quelque sorte,
toute idée de volupté à part. Ce ne
fut que plus tard que je ressentis cette
ardeur frénétique et sombre de la
chair et de l'âme et qui dévore l'un
et l'autre.

J'étais dans l'étonnement du cœur
qui sent sa première pulsation. J'étais

comme le premier homme quand il
eut connu toutes ses facultés.

A quoi je rêvais serait fort impossible à dire. Je me sentais nouveau et
tout étranger à moi-même, une voix
m'était venue dans l'âme.— Un rien,
un pli de sa robe, un sourire, son
pied, le moindre mot insignifiant
m'impressionnaient comme des choses surnaturelles, et j'avais pour tout
un jour à en rêver. Je suivais sa trace
à l'angle d'un long mur et le frôlement de ses vêtements me faisait palpiter d'aise.

Non, je ne saurais vous dire combien il y a de douces sensations, d'e-
nivrement du cœur, de béatitude et
de folie dans l'amour.

Et maintenant, si rieur sur tout, si
amèrement persuadé du grotesque de
l'existence, je sens encore que l'amour,
cet amour comme je l'ai rêvé au collège sans l'avoir, et que j'ai ressenti
plus tard, qui m'a tant fait pleurer et

dont j'ai tant ri, combien je crois encore que ce serait tout à la fois la plus
sublime des choses, ou la plus bouf-
fonne des bêtises.

Deux êtres jetés sur la terre par un
hasard, quelque chose, et qui se ren-
contrent, s'aiment, parce que l'un est
femme et l'autre homme. Les voilà
haletants l'un pour l'autre, se prome-
nant ensemble la nuit et se mouillant
à la rosée, regardant le clair de lune
et le trouvant diaphane, admirant les
étoiles et disant sur tous les tons : Je
t'aime, tu m'aimes, il m'aime, nous
nous aimons ; et répétant cela avec
des soupirs, des baisers ; — et puis
ils rentrent poussés tous les deux par
une ardeur sans pareille, car ces deux
âmes ont leurs organes violemment
échauffés, et les voilà bientôt grotes-
quement accouplés avec des rugisse-
ments et des soupirs, soucieux l'un
et l'autre pour reproduire un imbécile de plus sur la terre, un malheu-

reux qui les imitera. Contemplez-les,
plus bêtes en ce moment que les
chiens et les mouches, s'évanouissant
et cachant soigneusement aux yeux
des hommes leur jouissance solitaire,
pensant peut-être que le bonheur est
un crime et la volupté une honte.

On me pardonnera, je pense, de ne
pas parler de l'amour platonique, cet
amour exalté comme celui d'une sta-
tue ou d'une cathédrale, qui repousse
toute idée de jalousie et de possession
et qui devrait se trouver entre les
hommes mutuellement, mais que j'ai
rarement eu l'occasion d'apercevoir.
Amour sublime, s'il existait, mais qui
n'est qu'un rêve comme tout ce qu'il
y a de beau en ce monde.

Je m'arrête ici, car la moquerie du
vieillard ne doit pas ternir la virginité des sentiments du jeune homme;
je me serais indigné autant que vous,
lecteur, si on m'eût alors tenu un langage aussi cruel. Je croyais qu'une

femme était un ange . . . .
. . . . Oh ! que Molière
a eu raison de la comparer à un po-
tage !

XI

Maria avait un enfant, c'était une petite fille. — On l'aimait, on l'embrassait, on l'ennuyait de caresses et de baisers. Comme j'aurais recueilli un seul de ces baisers jetés, comme des perles, avec profusion sur la tête de cette enfant au maillot.

Maria l'allaitait elle-même, et un

jour je la vis découvrir sa gorge et
lui présenter son sein.

C'était une gorge grasse et ronde,
avec une peau brune et des veines
d'azur qu'on voyait sous cette chair
ardente ; jamais je n'avais vu de
femme nue alors. — O la singulière
extase où me plongea la vue de ce
sein, — comme je le dévorai des yeux,
comme j'aurais voulu seulement toucher cette poitrine ! il me semblait
que si j'eusse posé mes lèvres, mes
dents l'auraient mordu de rage. Et
mon cœur se fondait en délices en
pensant aux voluptés que donnerait
ce baiser.

O comme je l'ai revue longtemps,
cette gorge palpitante, ce long cou
gracieux et cette tête penchée avec ses
cheveux noirs en papillottes vers cette
enfant qui tetait, et qu'elle berçait
lentement sur ses genoux en fredon-
nant un air italien.

XII

Nous fîmes bientôt une connais-
sance plus intime. Je dis *nous* car
pour moi personnellement, je me
serais bien hasardé de lui adresser
une parole en l'état où sa vue m'avait
plongé.

Son mari tenait le milieu entre
l'artiste et le commis-voyageur : il
était orné de moustaches ; il fumait

intrépidement, était vif, bon garçon,
amical; il ne méprisait point la table
et je le vis une fois faire trois lieues à
pied pour aller chercher un melon à
la ville la plus voisine ; il était venu
dans sa chaise de poste avec son chien,
sa femme, son enfant et vingt-cinq
bouteilles de vin du Rhin.

Aux bains de mer, à la campagne
ou en voyage, on se parle plus facilement, on désire se connaître. Un rien
suffit pour la conversation : la pluie
et le beau temps bien plus qu'ailleurs
y tiennent place. On se récrie sur l'in-
commodité des logements, sur le dé-
testable de la cuisine d'auberge ; ce
dernier trait surtout est du meilleur
ton possible. O le linge, — est-il sale!
C'est trop poivré, c'est trop épicé! Ah!
l'horreur, ma chère!

Va-t-on ensemble à la promenade,
c'est à qui s'extasiera davantage sur
la beauté du paysage. — Que c'est
beau, que la mer est belle!

Joignez à cela quelques mots poétiques et boursouflés, deux ou trois réflexions philosophiques entrelardées de soupirs et d'aspirations de nez plus ou moins fortes. Si vous savez dessiner, tirez votre album en maroquin — ou, ce qui est mieux, enfoncez votre casquette sur les yeux, croisez-vous les bras et dormez pour faire semblant de penser.

Il y a des femmes que j'ai flairées bel-esprit à un quart de lieue loin, seulement à la manière dont elles regardaient la vague.

Il faudra vous plaindre des hommes, manger peu et vous passionner pour un rocher, admirer un pré et vous mourir d'amour pour la mer. Ah! vous serez délicieux alors; on dira : Le charmant jeune homme! — quelle jolie blouse il a! comme ses bottes sont fines! quelle grâce! la belle âme! C'est ce besoin de parler, cet instinct d'aller en troupeau où les

plus hardis marchent en tête qui a
fait, dans l'origine, les sociétés et qui,
de nos jours, forme les réunions.

Ce fut sans doute un pareil motif
qui nous fit causer pour la première
fois. C'était l'après-midi, il faisait
chaud et le soleil dardait dans la salle
malgré les auvents. Nous étions res-
tés, quelques peintres, Maria et son
mari, et moi, étendus sur des chaises,
à fumer, en buvant du grog.

Maria fumait, ou du moins, si un
reste de sottise féminine l'en empê-
chait, elle aimait l'odeur du tabac
(monstruosité !); elle me donna même
des cigarettes.

On causa littérature, sujet inépui-
sable avec les femmes. — J'y pris ma
part, — je parlai longuement et avec
feu. — Maria et moi étions parfaite-
ment du même sentiment en fait
d'art. Je n'ai jamais entendu personne le sentir avec plus de naïveté
et avec moins de prétention. Elle avait

des mots simples et expressifs qui
partaient en relief et surtout avec
tant de négligé et de grâce, tant d'a-
bandon, de nonchalance, — vous au-
riez dit qu'elle chantait.

Un soir, son mari nous proposa une
partie de barque. — Il faisait le plus
beau temps du monde. Nous accep-
tâmes.

———

XIII

Comment rendre par des mots ces
choses pour lesquelles il n'y a pas de
langage, ces impressions du cœur,
ces mystères de l'âme inconnus à elle-
même, comment vous dirai-je tout
ce que j'ai ressenti, tout ce que j'ai
pensé, toutes les choses dont j'ai joui
cette soirée-là ?

C'était une belle nuit d'été. Vers

neuf heures, nous montâmes sur la
chaloupe, — on rangea les avirons,
nous partîmes. Le temps était calme,
la lune se reflétait sur la surface unie
de l'eau et le sillon de la barque faisait vaciller son image sur les flots.
La marée se mit à remonter et nous
sentîmes les premières vagues bercer
lentement la chaloupe. On se taisait,
— Maria se mit à parler. — Je ne
sais ce qu'elle dit, je me laissais enchanter par le son de ses paroles
comme je me laissais bercer par la
mer.— Elle était près de moi, je sentais le contour de son épaule et le
contact de sa robe ; elle levait son regard vers le ciel, pur, étoilé, resplendissant de diamants et se mirant dans
les vagues bleues.

C'était un ange — à la voir ainsi la
tête levée avec ce regard céleste.

J'étais navré d'amour, j'écoutais les
deux rames se lever en cadence, les
flots battre les flancs de la barque, je

me laissais toucher par tout cela,
j'écoutais la voix de Maria douce et
vibrante.

Est-ce que je pourrai jamais vous
dire toutes les mélodies de sa voix,
toutes les grâces de son sourire, toutes
les beautés de son regard ? Vous dirai-je jamais comme c'était quelque
chose à faire mourir d'amour, que
cette nuit pleine du parfum de la mer,
avec ses vagues transparentes, son
sable argenté par la lune, cette onde
belle et calme, ce ciel resplendissant,
et puis, près de moi, cette femme —
toutes les joies de la terre, toutes ses
voluptés, ce qu'il y a de plus doux, de
plus enivrant.

C'était tout le charme d'un rêve
avec toutes les jouissances du vrai.

Je me laissais entraîner par toutes
ces émotions, je m'y avançais plus
avant avec une joie insatiable, je
m'enivrais à plaisir de ce calme plein
de voluptés, de ce regard de femme,

de cette voix ; je me plongeais dans mon cœur et j'y trouvais des voluptés infinies.

Comme j'étais heureux,— bonheur du crépuscule qui tombe dans la nuit, bonheur qui passe comme la vague expirée, comme le rivage . . . .

. . . .

. . . On revint. — On descendit, je conduisis Maria jusque chez elle, — je ne lui dis pas un mot, j'étais timide ; je la suivais, je rêvais d'elle, du bruit de sa marche — et, quand elle fut entrée, je regardai longtemps le mur de sa maison éclairé par les rayons de la lune ; je vis sa lumière briller à travers les vitres, et je la regardais de temps en temps — en retournant par la grève — puis, quand cette lumière eut disparu : — Elle dort, me dis-je. Et puis tout à coup une pensée vint m'assaillir, pensée de rage et de jalousie. — Oh ! non, elle ne dort pas, — et j'eus dans l'âme toutes les tortures d'un damné.

Je pensai à son mari, à cet homme vulgaire et jovial, et les images les plus hideuses vinrent s'offrir devant moi. J'étais comme ces gens qu'on fait mourir de faim dans des cages, et entourés des mets les plus exquis.

J'étais seul sur la grève. — Seul.— Elle ne pensait pas à moi. En regardant cette solitude immense devant moi — et cette autre solitude plus terrible encore, je me mis à pleurer comme un enfant,— car près de moi, à quelques pas, elle était là, derrière ces murs que je dévorais du regard, — elle était là, belle et nue, avec toutes les voluptés de la nuit, toutes les grâces de l'amour, toutes les chastetés de l'hymen. — Cet homme n'avait qu'à ouvrir les bras et elle venait sans efforts — sans attendre — elle venait à lui, et ils s'aimaient, ils s'embrassaient. — A lui toutes ses joies, tous ses délices à lui. Mon amour

sous ses pieds ; à lui, cette femme
toute entière, sa tête, sa gorge, ses
seins, son corps, son âme,— ses sou-
rires, ses deux bras qui l'entourent,
ses paroles d'amour ; à lui, tout ; à
moi, rien.

Je me mis à rire, car la jalousie
m'inspira des pensées obscènes et gro-
tesques ; alors je les souillai tous les
deux, j'amassai sur eux les ridicules
les plus amers, et ces images qui
m'avaient fait pleurer d'envie — je
m'efforçai d'en rire de pitié.

La marée commençait à redescendre et, de place en place, on voyait
de grands trous pleins d'eau argentée
par la lune, — des places de sable encore mouillé couvertes de varechs, çà
et là quelques rochers à fleur d'eau,
ou se dressant plus haut, noirs et
blancs ; des filets dressés et déchirés
par la mer — qui se retirait en grondant.

Il faisait chaud, j'étouffais. — Je

rentrai dans la chambre de mon auberge. Je voulus dormir ; j'entendais
toujours les flots aux côtés du canot,
j'entendais la rame tomber, j'entendais la voix de Maria qui parlait ; —
j'avais du feu dans les veines : — tout
cela repassait devant moi — et la promenade du soir, — et celle de la nuit
sur le rivage, — je voyais Maria cou-
chée — et je m'arrêtais là, car le reste
me faisait frémir. J'avais de la lave
dans l'âme ; j'étais harassé de tout
cela et, couché sur le dos, je regardais ma chandelle brûler et son disque trembler au plafond ; c'était avec
un hébètement stupide que je voyais
le suif couler autour du flambeau de
cuivre et la flammèche noire s'allon-
ger dans la flamme.

Enfin le jour vint à paraître, — je
m'endormis.

XIV

Il fallut partir. Nous nous séparâ-
mes sans pouvoir lui dire adieu. Elle
quitta les bains le même jour que
nous, — c'était un dimanche : — elle
partit le matin, nous le soir

Elle partit et je ne la revis plus.
Adieu pour toujours ! elle partit
comme la poussière de la route qui
s'envola derrière ses pas. Comme j'y

ai pensé depuis ! combien d'heures, confondu devant le souvenir de son regard, ou l'intonation de ses paroles !

Enfoncé dans la voiture, je reportais mon cœur plus avant dans la route que nous avions parcourue, je me replaçais dans le passé qui ne reviendrait plus, je pensais à la mer, à ses vagues, à son rivage, à tout ce que je venais de voir, tout ce que j'avais senti, les paroles dites, les gestes, les actions, la moindre chose, tout cela palpitait et vivait. C'était dans mon cœur un chaos, un bourdonnement immense, une folie.

Tout était passé comme un rêve. Adieu pour toujours à ces belles fleurs de la jeunesse si vite fanées et vers lesquelles plus tard on se reporte de temps en temps avec amertume et plaisir tout à la fois. Enfin, je vis les maisons de ma ville, je rentrai chez moi ; tout m'y parut désert et lugu-

bre, vide et creux. Je me mis à vivre, à boire, à manger, à dormir.

L'hiver vint et je rentrai au collège.

———————

XV

Si je vous disais que j'ai aimé d'autres femmes, je mentirais comme un infâme.

Je l'ai cru cependant, je me suis efforcé d'attacher mon cœur à d'autres passions : il y a glissé comme sur la glace.

Quand on est enfant, on a tant lu de choses sur l'amour, on trouve ce mot-là si mélodieux, on le rêve tant, on souhaite si fort d'avoir ce sentiment qui vous fait palpiter à la lecture des romans et des drames, qu'à chaque femme qu'on voit on se dit : n'est-ce pas là l'amour ? On s'efforce d'aimer pour se faire homme.

Je n'ai pas été exempt plus qu'aucun autre de cette faiblesse d'enfant, j'ai soupiré comme un poète élégiaque, et, après bien des efforts, j'étais tout étonné de me trouver quelquefois quinze jours sans avoir pensé à celle que j'avais choisie pour rêver. Toute cette vanité d'enfant s'effaça devant Maria.

Mais je dois remonter plus haut : c'est un serment que j'ai fait de tout dire ; le fragment qu'on va lire avait été composé en partie en décembre dernier, avant que j'eusse eu l'idée de faire les Mémoires d'un fou.

Comme il devait être isolé, je l'avais mis dans le cadre qui suit...

Le voici tel qu'il était.

Parmi tous les rêves du passé, les souvenirs d'autrefois et mes réminiscences de jeunesse, j'en ai conservé un bien petit nombre avec quoi je m'amuse aux heures d'ennui. À l'évocation d'un nom, tous les personnages reviennent avec leurs costumes et leur langage jouer leur rôle comme ils le jouèrent dans ma vie, et je les vois agir devant moi comme un Dieu qui s'amuserait à regarder ses mondes créés. Un surtout, le premier amour, qui ne fut jamais violent ni passionné, effacé depuis par d'autres désirs, mais qui reste encore au fond de mon cœur comme une antique voie romaine qu'on aurait traversée par l'ignoble wagon d'un chemin de fer. C'est le récit de ces premiers battements du cœur, de ces commencements des voluptés indéfinies et vagues, de toutes les vaporeuses choses qui se passent

7

dans l'âme d'un enfant à la vue des
seins d'une femme, de ses yeux, à l'au-
dition de ses chants et de ses paroles ;
c'est ce salmigondis de sentiment et
de rêverie que je devais étaler comme
un cadavre devant un cercle d'amis
qui vinrent un jour dans l'hiver, en
décembre, pour se chauffer et me faire
causer paisiblement au coin du feu,
tout en fumant une pipe dont on
arrose l'âcreté par un liquide quelconque.

Après que tous furent venus, que
chacun se fut assis, qu'on eut bourré
sa pipe et empli son verre, après que
nous fûmes en cercle autour du feu,
l'un avec les pincettes en main, l'autre soufflant, un troisième remuant les
cendres avec sa canne, et que chacun
eut une occupation, je commençai.

— Mes chers amis, leur dis-je, vous
passerez bien quelque chose, quelque
mot de vanité qui se glissera dans le
récit.

(Une adhésion de toutes les têtes
m'engagea à commencer).

Je me rappelle que c'était un jeudi,
vers le mois de novembre, il y a deux
ans. (J'étais, je crois, en cinquième).
La première fois que je la vis, elle dé-
jeunait chez ma mère quand j'entrai
d'un pas précipité, comme un écolier
qui a flairé toute la semaine le repas
du jeudi. Elle se détourna ; à peine si
je la saluai, car j'étais alors si niais
et si enfant que je ne pouvais voir une
femme, de celles du moins qui ne
m'appelaient pas un enfant comme les
dames ou un ami comme les petites
filles, sans rougir ou plutôt sans rien
faire et sans rien dire.

Mais, grâce à Dieu, j'ai gagné depuis en vanité et en effronterie tout
ce que j'ai perdu en innocence et en
candeur.

Elles étaient deux jeunes filles, des
sœurs, des camarades de la mienne,
de pauvres Anglaises qu'on avait fait

sortir de leur pension pour les mener
au grand air, dans la campagne, pour
les promener en voiture, les faire courir dans le jardin, et les amuser enfin sans l'œil d'une surveillante qui
jette de la tiédeur et de la retenue
dans les ébats de l'enfance. La plus
âgée avait quinze ans ; la seconde,
douze à peine : celle-ci était petite et
mince, ses yeux étaient plus vifs, plus
grands et plus beaux que ceux de sa
sœur ainée ; mais celle-ci avait une
tête si ronde et si gracieuse, sa peau
était si fraîche, si rosée, ses dents
courtes si blanches sous ses lèvres
rosées, et tout cela était si bien enca-
dré par des bandeaux de jolis cheveux châtains qu'on ne pouvait s'empêcher de lui donner la préférence.
Elle était petite et peut-être un peu
grosse : c'était son défaut le plus vi-
sible ; mais ce qui me charmait le
plus en elle, c'était une grâce enfan-
tine sans prétention, un parfum de

jeunesse qui embaumait autour d'elle.
Il y avait tant de naïveté et de candeur que les plus impies même ne
pouvaient s'empêcher d'admirer.

Il me semble la voir encore, à travers les vitres de ma chambre, qui
courait dans le jardin avec d'autres
camarades. Je vois encore leur robe
de soie onduler brusquement sur
leurs talons en bruissant, et leurs
pieds se relever pour courir sur les
allées sablées du jardin ; puis s'arrêter haletantes, se prendre récipro-
quement par la taille et se promener
gravement, en causant, sans doute,
de fêtes, de danses, de plaisirs et d'a-
mours, les pauvres filles !

L'intimité exista bientôt entre nous
tous ; au bout de quatre mois je l'embrassais comme ma sœur ; nous nous
tutoyions tous. J'aimais tant à causer
avec elle ; son accent étranger avait
quelque chose de fin et de délicat qui
rendait sa voix fraîche comme ses joues.

D'ailleurs, il y a dans les mœurs anglaises un négligé naturel et un aban-
don de toutes nos convenances qu'on
pourrait prendre pour une coquette-
rie raffinée, mais qui n'est qu'un
charme qui attire, comme ces feux-
follets qui fuient sans cesse.

Souvent nous faisions des promenades en famille, et je me souviens
qu'un jour, dans l'hiver, nous allâmes voir une vieille dame qui demeu-
rait sur une côte qui domine la ville.
Pour arriver chez elle, il fallait tra-
verser des vergers plantés de pommiers où l'herbe était haute et mouillée ; un brouillard ensevelissait la
ville et, du haut de notre colline, nous
voyions les toits entassés et rappro-
chés couverts de neige ; et puis le silence de la campagne, et au loin le
bruit éloigné des pas d'une vache ou
d'un cheval dont le pied s'enfonce
dans les ornières.

En passant par une barrière peinte

en blanc, son manteau s'accrocha aux épines de la haie ; j'allai le détacher, elle me dit : *Merci*, avec tant de grâce et de laisser-aller que j'en rêvai tout le jour.

Puis elles se mirent à courir et leurs manteaux, que le vent levait derrière elles, flottaient en ondulant comme un flot qui descend ; elles s'arrêtèrent essoufflées. Je me rappelle encore leurs haleines qui bruissaient à mes oreilles et qui partaient d'entre leurs dents blanches en vaporeuse fumée.

Pauvre fille ! Elle était si bonne et m'embrassait avec tant de naïveté.

Les vacances de Pâques arrivèrent. Nous allâmes les passer à la campagne.

Je me rappelle un jour... — il faisait chaud — sa ceinture était égarée, sa robe était sans taille.

Nous nous promenâmes ensemble, foulant la rosée des herbes et des fleurs d'avril, elle avait un livre à la main... C'était des vers, je crois. Elle le laissa tomber. Notre promenade continua.

Elle avait couru, je l'embrassai sur le cou ; mes lèvres restèrent collées sur cette peau satinée et mouillée d'une sueur embaumante.

Je ne sais de quoi nous parlâmes... des premières choses venues.

— Voilà que tu vas devenir bête, dit un des auditeurs en m'interrompant.

— D'accord, mon cher, le cœur est stupide.

L'après-midi, j'avais le cœur rempli d'une joie douce et vague. Je rêvais délicieusement en pensant à ses cheveux papillotés qui encadraient ses yeux vifs, et à sa gorge déjà formée que j'embrassais toujours aussi bas *qu'un fichu rigoriste* me le permettait. Je montai dans les champs, j'allai dans les bois, je m'assis dans un fossé et je pensai à elle.

J'étais couché à plat ventre, j'arrachais les brins d'herbe, les marguerites d'avril, et, quand je levais la tête, le ciel blanc et maté formait sur moi un dôme d'azur qui s'enfonçait à l'horizon derrière les prés verdoyants ; par hasard, j'avais du papier et un crayon : je fis des vers...

(Tout le monde se mit à rire).

... les seuls que j'aie jamais faits de ma vie ; il y en avait peut-être trente ; à peine fus-je une demi-heure, car j'eus toujours une admirable facilité d'improvisation pour les bêtises de toute sorte ; mais ces vers, pour la plupart, étaient faux comme des protestations d'amour, boiteux comme le bien.

Je me rappelle qu'il y avait :

> ... quand le soir
> Fatiguée du jeu et de la balançoir...

Je me battais les flancs pour peindre une chaleur que je n'avais vue

que dans les livres ; puis, à propos
de rien, je passais à une mélancolie
sombre et digne d'Antony, quoique
réellement j'eusse l'âme imbibée de
candeur et d'un tendre sentiment
mêlé de niaiserie, de réminiscences
suaves et de parfums du cœur, et je
disais à propos de rien :

Ma douleur est amère, ma tristesse profonde
Et j'y suis enseveli, comme un homme en la tombe

Les vers n'étaient même pas des
vers, mais j'eus le sens de les brûler,
manie qui devrait tenailler la plupart
des poètes.

Je rentrai à la maison et la retrou-
vai qui jouait sur le rond de gazon.
La chambre où elles couchèrent était
voisine de la mienne, je les entendis
rire et causer longtemps... tandis que
moi... je m'endormis bientôt comme
elle... malgré tous les efforts que je
fis pour veiller le plus possible. Car
vous avez fait sans doute comme moi

à quinze ans, vous avez cru une fois
aimer de cet amour brûlant et frénétique, comme vous en avez vu dans
les livres, tandis que vous n'aviez sur
l'épiderme du cœur qu'une légère
égratignure de cette griffe de fer qu'on
nomme la passion, et vous souffliez
de toutes les forces de votre imagination sur ce modeste feu qui brûlait à
peine.

Il y a tant d'amour de la vie pour
l'homme ! A quatre ans, amour des
chevaux, du soleil, des fleurs, des
armes qui brillent, des livrées de sol-
dats ; à dix, amour de la petite fille
qui joue avec vous ; à treize, amour
d'une grande femme à la gorge replète,
car je me rappelle que ce que les ado-
lescents adorent à la folie, c'est une
poitrine de femme, blanche et matée,
et, comme dit Marot :

> Tetin refaict plus blanc qu'un œuf,
> Tetin de satin blanc tout neuf.

Je faillis me trouver mal la première

fois que je vis tout nus les deux seins d'une femme. Enfin, à quatorze ou quinze, amour d'une jeune fille qui vient chez vous : un peu plus qu'une sœur, moins qu'une amante ; puis à seize, amour d'une autre femme jusqu'à vingt-cinq ; puis on aime peut-être la femme avec qui on se mariera.

Cinq ans plus tard, on aime la danseuse qui fait sauter sa robe de gaze sur ses cuisses charnues ; enfin, à trente-six, amour de la députation, de la spéculation des honneurs ; à cinquante, amour du dîner du ministre ou de celui du maire ; à soixante, amour de la fille de joie qui vous appelle à travers les vitres et vers laquelle on jette un regard d'impuissance, un regret vers le passé.

Tout cela n'est-il pas vrai ? car moi j'ai subi tous ces amours, pas tous cependant, car je n'ai pas vécu toutes mes années et chaque année dans la vie de bien des hommes est marquée

par une passion nouvelle — celle des
femmes, celle du jeu, des chevaux, des
bottes fines, des cannes, des lunettes,
des voitures, des places.

Que de folie dans un homme ! Oh !
sans contredit, l'habit d'un arlequin
n'est pas plus varié dans ses nuances
que l'esprit humain ne l'est dans ses
folies, et tous deux arrivent au même
résultat, celui de se râper l'un et l'autre et de faire rire quelque temps : le
public pour son argent, le philosophe
pour sa science...

(— Au récit ! demanda un des auditeurs impassible jusque-là et qui ne
quitta sa pipe que pour jeter, sur ma
digression qui montait en fumée, la
salive de son reproche).

...Je ne sais guère que dire ensuite,
car il y a une lacune dans l'histoire,
un vers de moins dans l'élégie ; plu-
sieurs temps passèrent donc de la sorte.
Au mois de mai, la mère de ces jeunes
filles vint en France conduire leur

frère. C'était un charmant garçon, blond comme elle et pétillant de *gaminerie* et d'orgueil britannique.

Leur mère était une femme pâle, maigre et nonchalante. Elle était vêtue de noir ; ses manières et ses paroles, sa tenue avaient un air nonchalant, un peu molasse, il est vrai, mais qui ressemblait au *farniente* italien. Tout cela, cependant, était parfumé de bon goût, reluisant d'un vernis aristocratique. Elle resta un mois en France.

..... Puis elle repartit et nous vécûmes ainsi comme si tous étaient de la famille, allant toujours ensemble dans nos promenades, nos vacances, nos congés.

Nous étions tous frères et sœurs.

Il y avait dans nos rapports de chaque jour tant de grâce et d'effusion, d'intimité et de laisser-aller, que cela peut-être dégénéra en amour, de sa part du moins, et j'en eus des preuves évidentes.

Pour moi, je peux me donner le rôle d'un homme moral, car je n'avais point de passion.— Je l'aurais bien voulu.

Souvent, elle venait vers moi, me prenait autour de la taille ; elle me regardait, elle causait—la charmante petite fille ; — elle me demandait des livres, des pièces de théâtre dont elle ne m'a rendu qu'un fort petit nombre. — Elle montait dans ma chambre. J'étais assez embarrassé. Pouvais-je supposer tant d'audace dans une femme ou tant de naïveté ? Un jour, elle se coucha sur mon canapé dans une position très équivoque; j'étais assis près d'elle sans rien dire.

Certes, le moment était critique : je n'en profitai pas.

Je la laissai partir.

D'autres fois, elle m'embrassait en pleurant. Je ne pouvais croire qu'elle m'aimait réellement. Ernest en était persuadé, il me le faisait remarquer, me traitait d'imbécile.

Tandis que vraiment j'étais tout à la fois timide et nonchalant.

C'était quelque chose de doux, d'enfantin, qu'aucune idée de possession ne ternissait, mais qui par cela même manquait d'énergie. C'était trop niais cependant pour être du platonicisme.

Au bout d'un an, leur mère vint en France, puis, au bout d'un mois, elle repartit pour l'Angleterre.

Ses filles avaient été tirées de pension et logaient avec leur mère dans une rue déserte au second étage.

Pendant son voyage je les voyais souvent aux fenêtres. Un jour que je passais, Caroline m'appela : je montai.

Elle était seule, elle se jeta dans mes bras et m'embrassa avec effusion. Ce fut la dernière fois, car depuis elle se maria.

Son maître de dessin lui avait fait des visites fréquentes. On projeta un mariage ; il fut noué et dénoué cent fois. Sa mère revint d'Angleterre sans son mari, dont on n'a jamais entendu parler.

Caroline se maria au mois de janvier. Un jour je la rencontrai avec son mari ; à peine si elle me salua.

Sa mère a changé de logement et de manières. Elle reçoit maintenant chez elle des garçons tailleurs et des étudiants, elle va aux bals masqués et y mène sa jeune fille.

Il y a dix-huit mois que nous ne les avons vus.

Voilà comment finit cette liaison qui promettait peut-être une passion avec l'âge, mais qui se dénoua d'elle-même.

Est-il besoin de dire que cela avait été de l'amour ce que le crépuscule est au grand jour et que le regard de Maria fit évanouir le souvenir de cette pâle enfant !

C'est un petit feu qui n'est plus que de la cendre froide.

8

XVI

Cette page est courte, je voudrais qu'elle le fût davantage. Voici le fait.

La vanité me poussa à l'amour, non, à la volupté — pas même à cela — à la chair.

On me raillait de ma chasteté — j'en rougissais — elle me faisait honte, elle me pesait comme si elle eût été de la corruption.

Une femme se présenta à moi, je la pris — et je sortis de ses bras plein de dégoût et d'amertume Mais, alors, je pouvais faire le Lovelace d'estaminet, dire autant d'obscénités qu'un autre autour d'un bol de punch — j'étais un homme alors, j'avais été comme un devoir faire du vice — et puis je m'en étais vanté. — J'avais quinze ans — je parlais de femme et de maîtresse.

Cette femme-là, — je la pris en haine ; elle venait à moi — je la laissais ; elle faisait des frais de sourire qui me dégoûtaient comme une grimace hideuse.

J'eus des remords — comme si l'amour de Maria eût été une religion que j'eusse profanée.

———

XVII

Je me demandais si c'était bien là
les délices que j'avais rêvés, ces
transports de feu que je m'étais ima-
ginés dans la virginité de ce cœur tendre et enfant. — Est-ce là tout ? est-
ce qu'après cette froide jouissance, il
ne doit pas y en avoir une autre, plus
sublime, plus large, quelque chose
de divin et qui fasse tomber en extase ?

Oh ! non, tout était fini ; j'avais été
éteindre dans la boue ce feu sacré de
mon âme. — O Maria, j'avais été traî-
ner dans la fange l'amour que ton
regard avait créé, je l'avais gaspillé à
plaisir, à la première femme venue,
sans amour, sans désir, poussé par
une vanité d'enfant — par un calcul
d'orgueil, pour ne plus rougir à la
licence, pour faire une bonne conte-
nance dans une orgie ! pauvre Maria...

J'étais lassé, un dégoût profond me
prit à l'âme. — Et j'eus en pitié ces
joies d'un moment, et ces convulsions
de la chair.

Il fallait que je fusse bien misérable.
— Moi qui étais si fier de cet amour
si haut, de cette passion sublime, et
qui regardais mon cœur comme plus
large et plus beau que ceux des autres
hommes ; moi — aller comme eux...
Oh ! non, pas un d'eux peut-être ne l'a
fait pour les mêmes motifs ; presque
tous y ont été poussés par les sens ; ils

ont obéi comme le chien à l'instinct de
la nature, mais il y avait bien plus de
dégradation à en faire un calcul, à
s'exciter à la corruption, à aller se jeter
dans les bras d'une femme, à manier
sa chair, à se vautrer dans le ruisseau, pour se relever et montrer ses
souillures.

Et puis j'en eus honte comme d'une
lâche profanation ; j'aurais voulu
cacher à mes propres yeux l'ignominie
dont je m'étais vanté.

Je me reportais vers ces temps où
la chair pour moi n'avait rien d'ignoble et où la perspective du désir me
montrait des formes vagues et des voluptés que mon cœur me créait.

Non, jamais on ne pourra dire tous
les mystères de l'âme vierge, toutes
les choses qu'elle sent, tous les mondes qu'elle enfante, comme ses rêves
sont délicieux ! comme ses pensées
sont vaporeuses et tendres ! comme sa
déception est amère et cruelle !

Avoir aimé, avoir rêvé le ciel, avoir vu tout ce que l'âme a de plus pur, de plus sublime, et s'enchaîner ensuite dans toutes les lourdeurs de la chair, toute la langueur du corps. Avoir rêvé le ciel et tomber dans la boue !

Qui me rendra maintenant toutes les choses que j'ai perdues : ma virginité, mes rêves, mes illusions, toutes choses fanées, pauvres fleurs que la gelée a tuées avant d'être épanouies.

XVIII

Si j'ai éprouvé des moments d'enthousiasme, c'est à l'art que je les
dois. Et cependant quelle vanité que
l'art ! vouloir peindre l'homme dans
un bloc de pierre, ou l'âme dans des
mots, les sentiments par des sons et
la nature sur une toile vernie...

Je ne sais quelle puissance magi-
que possède la musique ; j'ai rêvé des

semaines entières au rythme cadencé
d'un air ou aux larges contours d'un
chœur majestueux ; il y a des sons
qui m'entrent dans l'âme et des voix
qui me fondent en délices.

J'aimais l'orchestre grondant avec
ses flots d'harmonie, ses vibrations
sonores et cette vigueur immense qui
semble avoir des muscles et qui
meurt au bout de l'archet. Mon âme
suivait la mélodie déployant ses ailes
vers l'infini et montant en spirales,
pure et lente, comme un parfum vers
le ciel.

J'aimais le bruit, les diamants qui
brillent aux lumières, toutes ces
mains de femmes gantées et applau-
dissant avec des fleurs ; je regardais
le ballet sautillant, les robes roses
ondoyantes, j'écoutais les pas tomber
en cadence, je regardais les genoux
se détacher mollement avec les tailles
penchées.

D'autres fois, recueilli devant les

œuvres du génie, saisi par les chaînes
avec lesquelles il vous attache, alors
au murmure de ces voix au glapis-
sement flatteur, à ce bourdonnement
plein de charmes, j'ambitionnais la
destinée de ces hommes forts qui
manient la foule comme du plomb,
qui la font pleurer, gémir, trépigner
d'enthousiasme. Comme leur cœur
doit être large à ceux-là qui y font
entrer le monde, et comme tout est
avorté dans ma nature ? Convaincu
de mon impuissance et de ma stéri-
lité, je me suis pris d'une haine
jalouse; je me disais que cela n'était
rien, que le hasard seul avait dicté
ces mots. Je jetais de la boue sur les
choses les plus hautes que j'enviais.

Je m'étais moqué de Dieu ; je pouvais bien rire des hommes.

Cependant cette sombre humeur
n'était que passagère et j'éprouvai un
vrai plaisir à contempler le génie resplendissant au foyer de l'art comme

une large fleur qui ouvre une rosace
de parfum à un soleil d'été.

L'art ! l'art ! quelle belle chose que
cette vanité !

S'il y a sur la terre et parmi tous
les néants une croyance qu'on adore,
s'il est quelque chose de saint, de
pur, de sublime, quelque chose qui
aille à ce désir immodéré de l'infini
et du vague que nous appelons âme,
c'est l'art.

Et quelle petitesse ! une pierre, un
mot, un son, la disposition de tout
cela que nous appelons le sublime.

Je voudrais quelque chose qui
n'eût pas besoin d'expression ni
de forme, quelque chose de pur comme
un parfum, de fort comme la pierre,
d'insaisissable comme un chant, que
ce fût à la fois tout cela et rien
d'aucune de ces choses.

Tout me semble borné, rétréci,
avorté dans la nature.

L'homme avec son génie et son

art n'est qu'un misérable singe de quelque chose de plus élevé.

Je voudrais le beau dans l'infini et je n'y trouve que le doute.

——— ———

XIX

O l'infini, l'infini, gouffre immense,
spirale qui monte des abîmes aux plus
hautes régions de l'inconnu, — vieille
idée dans laquelle nous tournons tous,
pris par le vertige, — abîme que chacun a dans le cœur, abîme incommensurable, abîme sans fond !

Nous aurons beau pendant bien des

jours, bien des nuits, nous demander dans notre angoisse : Qu'est-ce que ce mot : Dieu — éternité — infini ? Nous tournons là-dedans, emportés par un vent de la mort, comme la feuille roulée par l'ouragan. On dirait que l'infini prend alors plaisir à nous bercer nous-mêmes dans cette immensité du doute.

— Nous nous disons toujours cependant : après bien des siècles, des milliers d'ans, quand tout sera usé, il faudra bien qu'une borne soit là.

Hélas ! l'éternité se dresse devant nous et nous en avons peur, — peur de cette chose qui doit durer si longtemps, nous qui durons si peu... Si longtemps !

Sans doute, quand le monde ne sera plus (que je voudrais vivre alors, — vivre sans nature, sans homme, — quelle grandeur que ce vide-là !), sans doute alors il y aura des ténèbres, un peu de cendre brulée qui aura été la

terre, et peut-être quelques gouttes
d'eau, la mer.

Ciel ! plus rien, du vide, que le néant
étalé dans l'immensité comme un linceul ! Eternité ? éternité ! — cela dure-
ra-t-il toujours ?.... toujours... sans
fin !

Mais cependant ce qui restera, la
moindre parcelle des débris du monde,
le dernier souffle d'une création mou-
rante, le vide lui-même, devra être
las d'exister. — Tout appellera une
destruction totale.

Cette idée de quelque chose sans fin
nous fait pâlir. — Hélas ! et nous
serons là-dedans, nous autres qui
vivons maintenant — et cette immensité nous roulera tous. Que serons-
nous ? Un rien, — pas même un souffle.

J'ai longtemps pensé aux morts
dans les cercueils, aux longs siècles
qu'ils passent ainsi sous la terre,
pleine de bruit, de rumeurs et de cris,

9

eux si calmes, dans leurs planches pourries et dont le morne silence est interrompu, parfois, par un cheveu qui tombe ou par un ver qui glisse sur un peu de chair. — Comme ils dorment là, couchés sans bruit, — sous la terre, sous le gazon fleuri !

Cependant, l'hiver ils doivent avoir froid sous la neige.

Oh ! s'ils se réveillaient alors, — s'ils venaient à revivre et qu'ils vissent toutes les larmes dont on a paré leur drap de mort taries, tous ces sanglots étouffés, — toutes les grimaces finies.— Ils auraient horreur de cette vie qu'ils ont pleurée en la quittant — et ils retourneraient vite dans le néant si calme et si vrai.

Certes, on peut vivre et mourir même, sans s'être demandé une seule fois ce que c'est que la vie et que la mort.

Mais pour celui qui regarde les feuilles trembler au souffle du vent,

les rivières serpenter dans les prés, la
vie se tourmenter et tourbillonner
dans les choses, les hommes vivre,
faire le bien et le mal, la mer rouler
ses flots et le ciel dérouler ses lumières,
et qui se demande : pourquoi ces feuilles ? pourquoi l'eau coule-t-elle ? pourquoi la vie elle-même est-elle un torrent si terrible et qui va se perdre
dans l'océan sans borne de la mort ?
pourquoi les hommes marchent-ils,
travaillent-ils comme des fourmis ?
pourquoi la tempête ? pourquoi le ciel
si pur et la terre si infâme ? Ces questions mènent à des ténèbres d'où l'on
ne sort pas.

Et le doute vient après : c'est quelque chose qui ne se dit pas, mais qui
se sent. — L'homme alors est comme
ce voyageur perdu dans les sables
qui cherche partout une route pour
le conduire à l'oasis, et qui ne voit
que le désert.

Le doute, c'est la vie ! — L'action,

la parole, la nature, la mort ! Doute dans tout cela.

Le doute, c'est la mort pour les âmes, c'est une lèpre qui prend les races usées, c'est une maladie qui vient de la science et qui conduit à la folie. La folie est le doute de la raison. C'est peut-être la raison elle-même.

Qui le prouve ?

XX

Il est des poètes qui ont l'âme toute
pleine de parfums et de fleurs, qui
regardent la vie comme l'aurore du
ciel ; d'autres qui n'ont rien que de
sombre, rien que de l'amertume et de
la colère ; il y a des peintres qui
voient tout en bleu, d'autres tout en
jaune et tout en noir. Chacun de nous
a un prisme à travers lequel il aper-

çoit le monde ; heureux celui qui y distingue des couleurs riantes et des choses gaies.

Il y a des hommes qui ne voient dans le monde qu'un titre, que des femmes, que la banque, qu'un nom, qu'une destinée...folies. J'en connais qui n'y voient que chemins de fer, marchés ou bestiaux ; les uns y découvrent un plan sublime, les autres une force obscène.

Et ceux-là vous demanderaient bien ce que c'est que *l'obscène* ? Question embarrassante à résoudre comme les questions. J'aimerais autant donner la définition géométrique d'une belle paire de bottes ou d'une belle femme, deux choses importantes.

Les gens qui voient notre globe, comme un gros ou un petit tas de boue sont de singulières gens ou difficiles à prendre.

Vous venez de parler avec un de ces gens infâmes, gens qui ne s'intitulent

pas philanthropes, et qui, sans crain-
dre qu'on les appelle carlistes, ne
votent pas pour la démolition des
cathédrales. Mais bientôt vous vous
arrêtez tout court ou vous vous avouez
vaincu, car ceux-là sont des gens sans
principes qui regardent la vertu
comme un mot, le monde comme une
bouffonnerie. De là, ils partent pour
tout considérer sous un point de vue
ignoble, ils sourient aux plus belles
choses et, quand vous leur parlez de
philanthropie, ils haussent les épaules
et vous disent que la philanthropie
s'exerce par une souscription pour les
pauvres.

La belle chose qu'une liste de noms
dans un journal !

Chose étrange que cette diversité
d'opinions, de systèmes, de croyances
et de folies !

Quand vous parlez à certaines gens,
ils s'arrêtent tout à coup effrayés, et
vous demandent : Comment ! vous

nieriez cela ? vous douteriez de cela ?
Peut-on révoquer le plan de l'univers
et les devoirs de l'homme ? Et si, mal-
heureusement, votre regard a laissé
deviner un rêve de l'âme, ils s'arrêtent
tout à coup et finissent là leur victoire
logique, comme ces enfants effrayés
d'un fantôme imaginaire et qui se fer-
ment les yeux sans oser regarder.

Ouvre-les, homme faible et plein
d'orgueil, pauvre fourmi qui rampes
avec peine sur ton grain de poussière ;
tu te dis libre et grand, tu te respectes
toi-même, si vil pendant ta vie, et, par
dérision sans doute, tu salues ton corps
pourri qui passe. Et puis tu penses
qu'une si belle vie, agitée ainsi entre
un peu d'orgueil que tu appelles grandeur et cet intérêt bas qui est l'essence
de ta Société, sera couronnée par une
immortalité. De l'immortalité pour
toi, plus lascif qu'un singe, et plus
méchant qu'un tigre, et plus rampant
qu'un serpent ? Allons donc ! faites-

moi un paradis pour le singe, le tigre et le serpent, pour la luxure, la cruauté, la bassesse, un paradis pour l'égoïsme, une éternité pour cette poussière, de l'immortalité pour ce néant. Tu te vantes d'être libre, de pouvoir faire ce que tu appelles le bien et le mal, sans doute pour qu'on te condamne plus vite, car que saurais-tu faire de bon ? Y a-t-il un seul de tes gestes qui ne soit stimulé par l'orgueil ou calculé par l'intérêt ?

Toi, libre ! Dès ta naissance, tu es soumis à toutes les infirmités paternelles, tu reçois avec le jour la semence de tous tes vices, de ta stupidité même, de tout ce qui te fera juger le monde, toi-même, tout ce qui t'entoure, d'après ce terme de comparaison, cette mesure que tu as en toi. Tu es né avec un esprit étroit, avec des idées faites ou qu'on te fera sur le bien ou sur le mal. On te dira qu'on doit aimer son père et le soigner dans sa vieillesse : tu feras l'un et l'autre, et tu n'avais pas besoin qu'on te l'apprît, n'est-ce pas ? Cela est une vertu innée comme le besoin de manger ; tandis que, derrière la montagne où tu es né, on enseignera à ton frère à tuer son père devenu vieux, et il le tuera, car cela, pense-t-il, est naturel, et il n'était pas nécessaire qu'on le lui apprît. On t'élevera en te disant qu'il faut te garder d'aimer d'un amour charnel ta sœur ou ta mère ; tandis que tu descends comme tous les hommes d'un inceste, car le premier homme et la première femme, eux et leurs enfants, étaient frères et sœurs ; tandis que le soleil se couche sur d'autres peuples qui regardent l'inceste comme une vertu et le fratricide comme un devoir. Es-tu déjà libre des principes d'après lesquels tu gouverneras ta conduite ? Est-ce toi qui présides à ton éducation ? Est-ce toi qui as voulu naître avec un caractère heureux ou triste, phtysique ou robuste, doux ou méchant, moral ou vicieux ?

Tu es venu au monde, presque sans vie, pleurant, criant et fermant les yeux, comme par haine pour ce soleil que tu as appelé tant de fois. On te donne à manger : tu grandis, tu pousses comme la feuille, c'est bien hasard si le vent ne t'emporte de bonne heure, car à combien de choses es-tu soumis ? à l'air, au feu, à la lumière, au jour, à la nuit, au froid, au chaud, à tout ce qui t'entoure, tout ce qui est ; tout cela te maîtrise, te passionne ; tu aimes la verdure, les fleurs et tu es triste quand elles se fanent ; tu aimes ton chien, tu pleures quand il meurt ; une araignée arrive vers toi, tu recules de frayeur ; tu frissonnes quelquefois en regardant ton ombre, et lorsque ta pensée s'enfonce dans les mystères du néant, tu es effrayé et tu as peur du doute.

Tu te dis libre, et chaque jour tu

agis poussé par mille choses, tu vois
une femme et tu l'aimes, tu en meurs
d'amour. Es-tu libre d'apaiser ce sang
qui bat, de calmer cette tête brûlante,
de comprimer ce cœur, d'apaiser ces
ardeurs qui te dévorent ? Es-tu libre
de ta pensée ? mille chaînes te retien-
nent, mille aiguillons te poussent,
mille entraves t'arrêtent. Tu vois un
homme pour la première fois, un de
ses traits te choque, et durant ta vie
tu as de l'aversion pour cet homme,
que tu aurais peut-être chéri s'il avait
eu le nez moins gros. Tu as un mauvais estomac et tu es brutal envers
celui que tu aurais accueilli avec bien-
veillance. Et de tous ces faits décou-
lent ou s'enchaînent aussi fatalement
d'autres séries de faits, d'où d'autres
dérivent à leur tour.

Es-tu le créateur de ta constitution
physique et morale ? Non, tu ne pour-
rais la diriger entièrement que si tu
l'avais faite et modelée à ta guise.

Tu te dis libre, parce que tu as une âme. D'abord c'est toi qui as fait cette découverte que tu ne saurais définir ; une voix intime te dit que oui. D'abord tu mens, une voix te dit que tu es faible et tu sens en toi un immense vide que tu voudrais combler par toutes les choses que tu y jettes. Quand même tu croirais que oui, en es-tu sûr ? Qui te l'a dit ? Quand, longtemps combattu par deux sentiments opposés, après avoir bien hésité, bien douté, tu penches vers un sentiment, tu crois avoir été le maître de ta décision. Mais, pour être maître, il faudrait n'avoir aucun penchant. Es-tu maître de faire le bien, si tu as le goût du mal enraciné dans le cœur, si tu es né avec de mauvais penchants développés par ton éducation ; et, si tu es vertueux, si tu as horreur du crime, pourras-tu le faire ? Es-tu libre de faire le bien ou le mal ? Puisque c'est le sentiment du bien qui te dirige toujours, tu ne peux faire le mal.

Ce combat est la lutte de ces deux penchants et si tu fais le mal, c'est que tu es plus vicieux que vertueux et que la fièvre la plus forte a eu le dessus.

Quand deux hommes se battent, il est certain que le plus faible, le moins adroit, le moins souple, sera vaincu par le plus fort, le plus adroit, le plus souple. Quelque longtemps que puisse durer la lutte, il y en aura toujours un de vaincu. Il en est de même de ta nature intérieure. Quand même ce que tu sens être bon l'emporte, la victoire est-elle toujours la justice ? Ce que tu juges le bien, est-il le bien absolu, immuable, éternel ?

Tout n'est donc que ténèbres autour de l'homme, tout est vide, et il voudrait quelque chose de fixe ; il roule lui-même dans cette immensité du vague où il voudrait s'arrêter, il se cramponne à tout et tout lui manque : patrie, liberté, croyance, Dieu, vertu ;

il a pris tout cela et tout cela lui est
tombé des mains ; il est comme un
fou qui laisse tomber un verre de
cristal et qui rit de tous les morceaux
qu'il a faits.

Mais l'homme a une âme immor-
telle et faite à l'image de Dieu ; deux
idées pour lesquelles il a versé son
sang, deux idées qu'il ne comprend
pas, — une âme, un Dieu, — mais
dont il est convaincu.

Cette âme est une essence autour
de laquelle notre être physique tourne
comme la terre autour du soleil. Cette
âme est noble, car étant un principe
spirituel, n'étant point terrestre, elle
ne saurait rien avoir de bas, de vil.
Cependant, n'est-ce pas la pensée qui
dirige notre corps ? N'est-ce pas elle
qui fait se lever notre bras quand nous
voulons tuer ? N'est-ce pas elle qui
anime notre chair ? L'esprit serait-il
le principe du mal et le corps l'agent ?

Voyons comme cette âme, comme

cette conscience est élastique, flexible,
comme elle est molle et maniable,
comme elle se ploie facilement sous
le corps qui pèse sur elle, comme cette
âme est vénale et basse, comme elle
rampe, comme elle flatte, comme elle
ment, comme elle trompe ! C'est elle
qui vend le corps, la main, la tête et
la langue ; c'est elle qui veut du sang
et qui demande de l'or, toujours insatiable et cupide de tout son infini ; elle
est au milieu de nous comme une soif,
une ardeur quelconque, un feu qui
nous dévore, un pivot qui nous fait
tourner sur lui.

Tu es grand, homme ! non par le
corps sans doute, mais par cet esprit
qui t'a fait, dis-tu, le roi de la nature ;
tu es grand, maître et fort.

Chaque jour, en effet, tu bouleverses
la terre, tu creuses des canaux, tu
bâtis des palais, tu enfermes les fleuves entre des pierres, tu cueilles
l'herbe, tu la pétris et tu la manges ;

tu remues l'Océan avec la quille de tes
vaisseaux, et tu crois tout cela beau ;
tu te crois meilleur que la bête fauve
que tu manges, plus libre que la feuille
emportée par les vents, plus grand
que l'aigle qui plane sur les tours,
plus fort que la terre dont tu tires ton
pain et tes diamants et que l'Océan sur
lequel tu cours. Mais, hélas ! la terre
que tu remues renaît d'elle-même, tes
canaux se détruisent, les fleuves enva-
hissent tes champs et tes villes, les
pierres de tes palais se disjoignent et
tombent d'elles-mêmes, les fourmis
courent sur tes couronnes et sur tes
trônes, toutes tes flottes ne sauraient
marquer plus de traces de leur passage
sur la surface de l'Océan qu'une goutte
de pluie et que le battement d'aile de
l'oiseau. Et, toi-même, tu passes sur
cet océan des âges sans laisser plus
de traces de toi-même que ton navire
n'en laisse sur les flots. Tu te crois
grand parce que tu travailles sans

10

relâche, mais ce travail est une preuve
de ta faiblesse. Tu étais donc con-
damné à apprendre toutes ces choses
inutiles au prix de tes sueurs, tu étais
esclave avant d'être né, et malheureux
avant de vivre ! Tu regardes les astres
avec un sourire d'orgueil parce que
tu leur as donné des noms, que tu as
calculé leur distance, comme si tu
voulais mesurer l'infini et enfermer
l'espace dans les bornes de ton esprit.
Mais tu te trompes ! Qui te dit que
derrière ces mondes de lumière, il n'y
en a pas d'autres infinis encore, et
toujours ainsi ? Peut-être que tes cal-
culs s'arrêtent à quelques pieds de
hauteur, et que là commence une
échelle nouvelle de faits... Com-
prends-tu toi-même la valeur des
mots dont tu te sers... étendue, espace?
Ils sont plus vastes que toi et ton globe.

Tu es grand et tu meurs, comme le
chien et la fourmi, avec plus de regret
qu'eux, et puis tu pourris, et je te le

demande, quand les vers t'ont mangé, quand ton corps s'est dissous dans l'humidité de la tombe, et que ta poussière n'est plus, où es-tu, homme? Où est même ton âme? cette âme qui était le moteur de tes actions, qui livrait ton cœur à la haine, à l'envie, à toutes les passions, cette âme qui te vendait et qui te faisait faire tant de bassesses, où est-elle? Est-il un lieu assez saint pour la recevoir? Tu te respectes et tu t'honores comme un Dieu, tu as inventé l'idée de dignité de l'homme, idée que rien dans la nature ne pourrait avoir en te voyant; tu veux qu'on t'honore et tu t'honores toi-même, tu veux même que ce corps, si vil pendant sa vie, soit honoré quand il n'est plus. Tu veux qu'on se découvre devant ta charogne humaine, qui se pourrit de corruption, quoique plus pure que toi quand tu vivais. C'est là ta grandeur.

Grandeur de poussière, majesté de néant!

XXI

J'y revins deux ans plus tard ; vous pensez où : elle n'y était pas.

Son mari était, seul, venu avec une autre femme, et il en était parti deux jours avant mon arrivée.

Je retournai sur le rivage. Comme il était vide ! De là, je pouvais voir le mur gris de la maison de Maria. Quel isolement !

Je revins donc dans cette même
salle dont je vous ai parlé ; elle était
pleine, mais aucun des visages n'y
était plus, les tables étaient prises par
des gens que je n'avais jamais vus ;
celle de Maria était occupée par une
vieille femme qui s'appuyait à cette
même place où si souvent son coude
s'était posé. Je restai ainsi quinze
jours ; il fit quelques jours de mauvais
temps et de pluie que je passai dans
ma chambre où j'entendais la pluie
tomber sur les ardoises, le bruit lointain de la mer, et, de temps en temps,
quelque cri de marins sur le quai.
— Je repensai à toutes ces vieilles choses que le spectacle des mêmes lieux
faisait revivre.

Je revoyais le même océan avec ses
mêmes vagues, toujours immense,
triste et mugissant sur ses rochers ; ce
même village avec ses tas de boue, ses
coquilles qu'on foule et ses maisons en
étage. — Mais tout ce que j'avais aimé,

tout ce qui entourait Maria, ce beau
soleil qui passait à travers les auvents
et qui dorait sa peau, l'air qui l'entourait, le monde qui passait près d'elle,
tout cela était parti sans retour.

Quoi ! rien de tout cela ne revien-
dra ? Je sens comme mon cœur est
vide, car tous ces hommes qui m'entourent me font un désert où je meurs.

Je me rappelai ces longues et chau-
des après-midi d'été où je lui parlais
sans qu'elle se doutât que je l'aimais,
et où son regard indifférent entrait
comme un rayon d'amour jusqu'au
fond de mon cœur. Comment aurait-
elle pu, en effet, voir que je l'aimais,
car je ne l'aimais pas alors, et, en tout
ce que je vous ai dit, j'ai menti ; c'était
maintenant que je l'aimais, que je la
désirais, que seul sur le rivage, dans
les bois ou dans les champs, je me
la créais là, marchant à côté de moi,
me parlant, me regardant. Quand je
me couchais sur l'herbe, et que je re-

gardais les herbes ployer sous le vent
et la vague battre le sable, je pensais
à elle, et je reconstruisais dans mon
cœur toutes les scènes où elle avait
agi, parlé. Ces souvenirs étaient une
passion.

Si je me rappelais l'avoir vue marcher sur un endroit, j'y marchais ;
j'ai voulu retrouver le timbre de sa
voix pour m'enchanter moi-même ;
cela était impossible. Que de fois j'ai
passé devant sa maison et j'ai regardé
à sa fenêtre !

Je passai donc ces quinze jours
dans une contemplation amoureuse,
rêvant à elle. Je me rappelle des choses navrantes ; un jour, je revenais,
vers le crépuscule, je marchais à travers les pâturages couverts de bœufs,
je marchais vite, je n'entendais que
le bruit de ma marche qui froissait
l'herbe, j'avais la tête baissée et je regardais la terre. Ce mouvement régu-
lier m'endormit pour ainsi dire : je

crus entendre Maria marcher près de
moi, elle me tenait le bras et tournait
la tête pour me voir ; c'était elle qui
marchait dans les herbes. Je savais
bien que c'était une hallucination
que j'animais moi-même, mais je ne
pouvais me défendre d'en sourire et
je me sentais heureux. Je levai la
tête : le temps était sombre, devant
moi, à l'horizon, un magnifique soleil
se couchait sous les vagues ; on voyait
une gerbe de feu s'élever en réseaux,
disparaître sous de gros nuages noirs
qui roulaient péniblement sur eux, et
puis un reflet de ce soleil couchant
reparaître plus loin derrière moi dans
un coin du ciel limpide et bleu.

Quand je découvris la mer, il avait
presque disparu ; son disque était à
moitié enfoncé sous l'eau et une légère teinte de rose allait s'élargissant
et s'affaiblissant vers le ciel.

Une autre fois, je revenais à cheval en longeant la grève. Je regardais

machinalement les vagues dont la mousse mouillait les pieds de ma jument, je regardais les cailloux qu'elle faisait jaillir en marchant, et ses pieds s'enfoncer dans le sable. Le soleil venait de disparaître tout à coup et il y avait sur les vagues une couleur sombre comme si quelque chose de noir eût plané sur elles. A ma droite, étaient des rochers entre lesquels l'écume s'agitait au souffle du vent comme une mer de neige, les mouettes passaient sur ma tête et je voyais leurs ailes blanches s'approcher tout près de cette eau sombre et terne. Rien ne pourra dire tout ce que cela avait de beau, cette mer, ce rivage avec son sable parsemé de coquilles, avec ses rochers couverts de varechs humides et l'écume qui se balançait sur eux au souffle de la brise.

Je vous dirais bien d'autres choses, bien plus belles et plus douces, si je pouvais dire tout ce que je ressentis

d'amour, d'extase, de regrets. Pouvez-vous dire par des mots le battement du cœur, pouvez-vous dire une
larme et peindre son cristal humide
qui baigne l'œil dans une amoureuse
langueur? Pouvez-vous dire tout ce
que vous ressentez en un jour ? Pauvre faiblesse humaine, avec tes mots,
tes langues, tes sons, tu parles et tu
balbuties, tu définis Dieu, le ciel et la
terre, la chimie et la philosophie, et
tu ne peux exprimer, avec ta langue,
toute la joie que te cause une femme
nue — ou un plum-pudding.

XXII

O Maria, Maria, cher ange de ma
jeunesse, toi que j'ai vue dans la
fraîcheur de mes sentiments, toi que
j'ai aimée d'un amour si doux, si
plein de parfums, de tendres rêveries,
adieu !

Adieu ! D'autres passions vien-
dront, je t'oublierai peut-être, mais
tu resteras toujours au fond de mon

cœur, car le cœur est une terre où
chaque passion bouleverse, remue et
laboure sur les ruines des autres.
Adieu !

Adieu ! et cependant comme je t'aurais aimée, comme je t'aurais em-
brassée, serrée dans mes bras ! Ah !
mon âme se fond en délices à toutes
les folies que mon amour invente.
Adieu !

Adieu ! et cependant je penserai
toujours à toi, je vais être jeté dans
le tourbillon du monde, j'y mourrai
peut-être écrasé sous les pieds de la
foule, déchiré en lambeaux. Où vais-
je ? Que serai-je ? Je voudrais être
vieux, avoir les cheveux blancs. Non,
je voudrais être beau comme les an-
ges, avoir de la gloire, du génie, et
tout déposer à tes pieds pour que tu
marches sur tout cela ; et je n'ai rien
de tout cela, et tu m'as regardé aussi
froidement qu'un laquais ou qu'un
mendiant.

Et moi, sais-tu que je n'ai pas passé
une nuit, pas un jour, pas une heure,
sans penser à toi, sans te revoir sor-
tant de dessous la vague, avec tes
cheveux noirs sur tes épaules, ta peau
brune avec ses perles d'eau salée,
tes vêtements ruisselants et ton pied
blanc aux ongles roses qui s'enfonçait dans le sable, et que cette vision
est toujours présente, et que cela
murmure toujours à mon cœur? Oh!
non, tout est vide.

Adieu! et pourtant, quand je te vis,
si j'avais été plus âgé de quatre à cinq
ans, plus hardi... Peut-être? Oh! non,
je rougissais à chacun de tes regards.
Adieu!

XXIII

Quand j'entends les cloches sonner
et le glas frapper en gémissant, j'ai
dans l'âme une vague tristesse, quelque chose d'indéfinissable et de rê-
veur comme des vibrations mou-
rantes.

Une série de pensées s'ouvre au tin-
tement lugubre de la cloche des morts.
Il me semble voir le monde dans ses

plus beaux jours de fête, avec des cris de triomphe, des chars et des couronnes, et, par dessus tout cela, un éternel silence et une éternelle majesté !

Mon âme s'envole vers l'éternité et l'infini et plane dans l'océan du doute au son de cette voix qui annonce la mort.

Voix régulière et froide comme les tombeaux et qui cependant sonne à toutes les fêtes, pleure à tous les deuils, j'aime à me laisser étourdir par ton harmonie, qui étouffe le bruit des villes. J'aime, dans les champs, sur les collines dorées de blés mûrs, à entendre les sons frêles de la cloche du village qui chante au milieu de la campagne, tandis que l'insecte siffle sous l'herbe et que l'oiseau murmure sous le feuillage.

Je suis longtemps resté, dans l'hiver, dans ces jours sans soleil, éclairés d'une lumière morne et blafarde, à écouter toutes les cloches sonner les offices. De toutes parts sortaient les voix qui montaient vers le ciel en réseau d'harmonie, et je condensais ma pensée sur ce gigantesque instrument. Elle était grande, infinie, je ressentais en moi des sons, des mélodies, des échos d'un autre monde, des choses immenses qui mouraient aussi.

O cloches ! vous sonnerez donc aussi sur ma mort, et une minute après pour un baptême. Vous êtes donc une dérision comme le reste et un mensonge comme la vie dont vous annoncez toutes les phases : le baptême, le mariage, la mort. Pauvre airain, perdu et caché au milieu des airs et qui servirais si bien en lave ardente sur un champ de bataille ou à ferrer les chevaux...

FIN

Laval. — Imprimerie parisienne, L. BARNÉOUD & Cie.

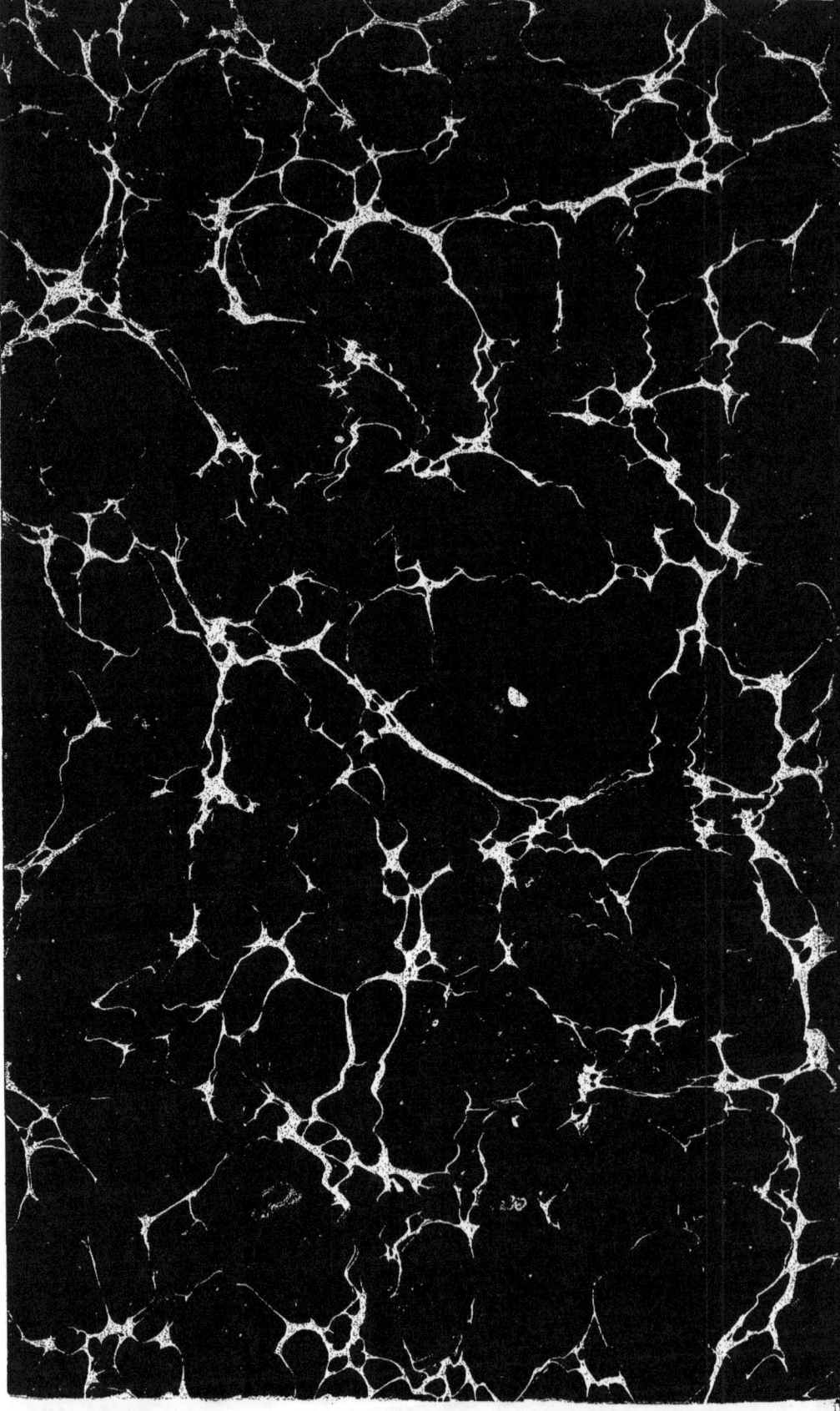

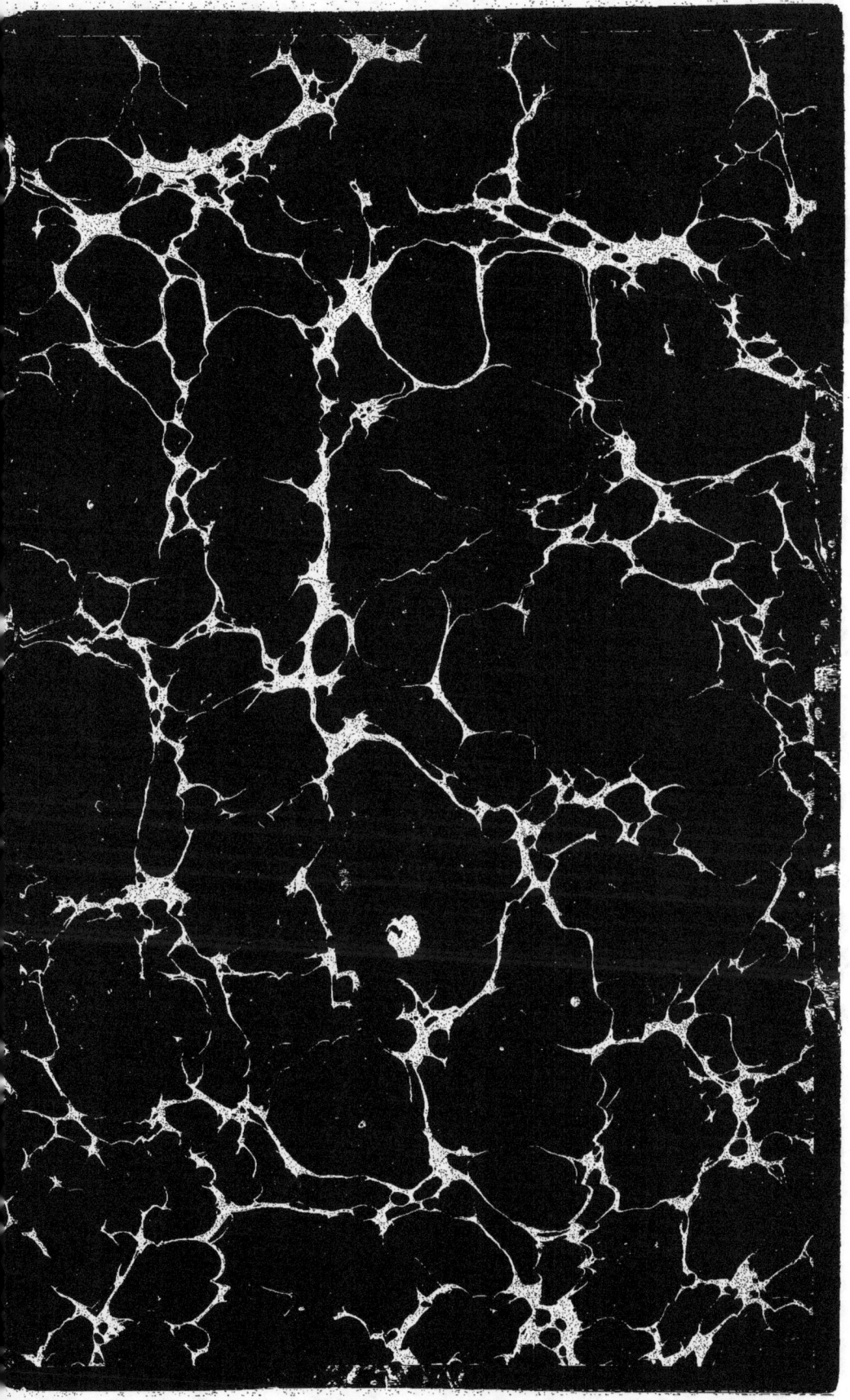

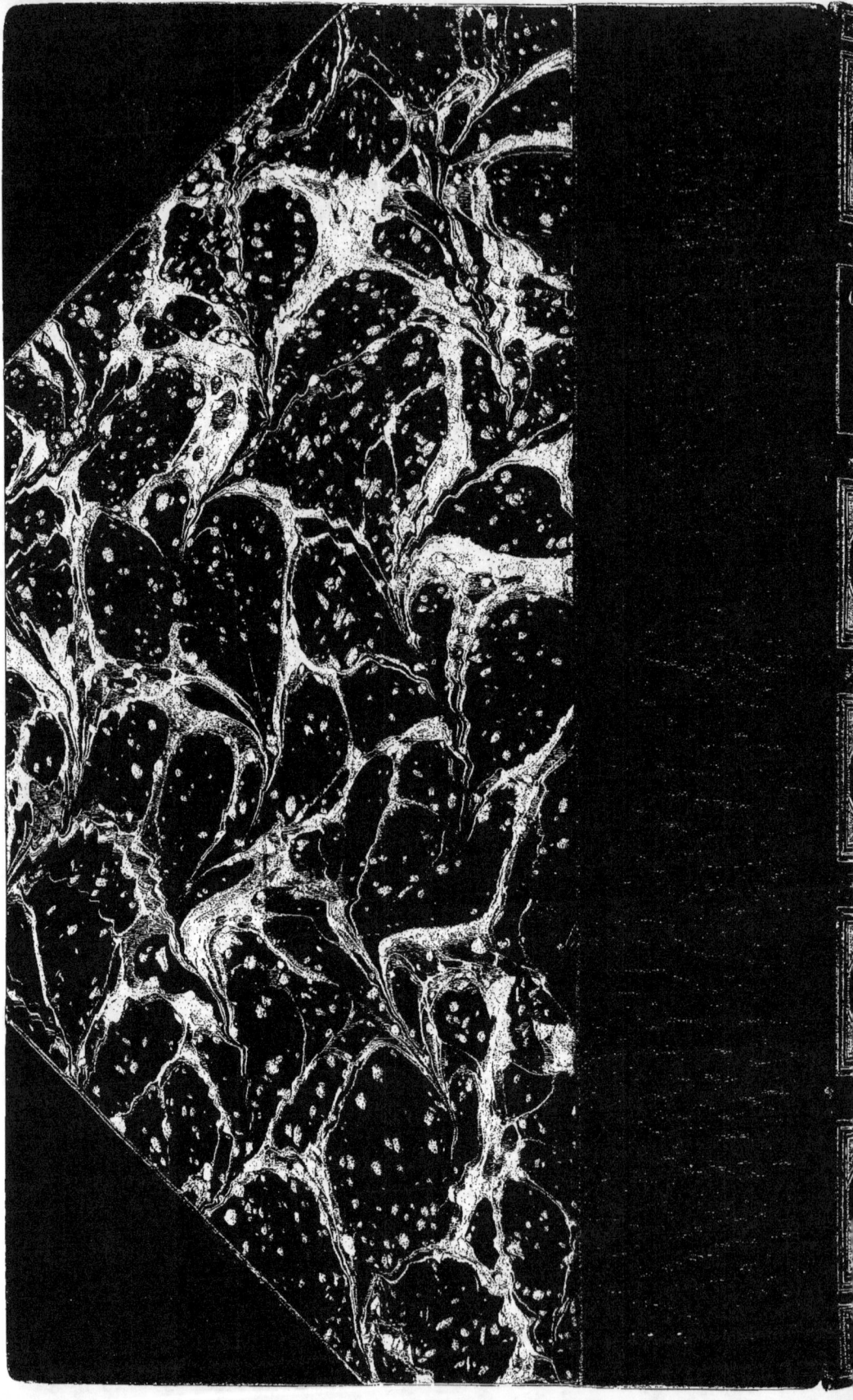